わからなくても近くにいてよ

堀静香

大和書房

はじめに

「先日の飲み会の写真です♪」と、保育園のママ友から写真が送られてきた。居酒屋でわたしともう一人のママが何やら泣きながら握手している。それをいまにも泣きそうな顔で見守る別のママ。なんだかすごい写真だ。けれどいったい何を話しながら泣いていたのか、まったく覚えていない。撮ってくれたママ友も覚えていないらしい。全員がめちゃくちゃ酔っていたことは確かで、飲みながらたくさんお互いのことを話して、聞いて、そうしてついに感極まって泣いたのだろう。でも何も覚えていない。それがおかしくて、何度見ても笑ってしまう。

何を話したか覚えていなくても写真が物語っている。わたしたちはあの瞬間、「わかりあっていた」ことを。と言いつつ、何も覚えていないくせにそんなこと、断定できるだろうか。だいたい、泣いて握手した相手は実はその日初めてちゃんと話したひとだった。でもやっぱりそんなことは関係ないのかもしれない。とにかくわたしたちは、（お酒の力を借りて）話して、頷《うなず》いて、何かが通じたのだと思った。通じ合ったと思えたから泣いて握手までしたのだ。

「わからないって言葉はさぁ、わかろうとし尽くして初めて出てくるもんじゃん」と夫が言う。

ちょうど、わたしたちは本書のタイトルについて話していたのだった。夫はゲラをすべて読んでいる。読んで、そう言ったのだった。非難するようではない。ただ、そう言われれば（あんたはおれのことをわかろうとしたのかよ）と突きつけられているように感じられた。

初めて話した保育園のママとは泣いて「わかりあえた」と思えるのに、10年以上、一緒にいる夫のことのほうが、断然わからない。夫と泣いて抱擁を交わしたことなどない。ほんとうには、誰よりもわかりたいと思うのに、思えば思うほどに疑ったり、煽《あお》ったり突っかかったり、わたしは年々、夫とのコミュニケーションが下手になってゆく。

だいたい、わたしは夫を自分の所有物と思っているふしがある。「喉が痛いかも」と夫がこぼせば、やれ手を洗わないから、夜更かしするからだの言い募《つの》る。心配だから、と言ってすぐに干渉する。子どもに対してしてしまうことを、つい夫にもやっている。そんなことをつづけて、わたしは夫も子どもも自分の延長のように管理したり、なんなら自分の一部であるように思っていることに気づくのだった。気づいてぞっとする。夫も子どもも、むろん、わたしではない。夫も子どもも、他者である。わかっているはずなのに、いやわかっていないからそんなことが平気でできるのだ。

生活を共にしすぎるからだろうか。わたしたちの間でしか通じない言葉がある。マッサージのあんばいも熟知している。おならでリズムを合わせることもできる。夫のいぼ痔の調子を確認するために尻の穴だって平気で見る。もしかして、気づかないうちに、わかりあう臨界点なんかとっくに超えてしまったのだろうか。触れたいと思えば触れることができて、いつだって相談に乗ってくれて、そんなことに慣れ切って、すぐに文句を垂れてしまう。言い合いになる。とにかく、遠慮というものが一切ない。

『わからなくても近くにいてよ』ってのは、こっちにお願いしてるんだよね？　わたしのことがわからなくてもそばにいてよ、って」と夫が言う。なんかさっきからいやに好戦的だ。一方的にわかってほしい、なんて思わない。むしろこちらから、わかりたい。でも、たしかにそうじゃないと辻褄《つじつま》が合わなくなる。ほんとうには、「お互いわからなくても一緒にいようよ」と思ってつけたタイトルだった。

夫に限ったことではなく、人間関係は「わからない」ことが前提だ。そんなことわかっているはずなのに、わかりあえなければ不安でたまらず、他人のことはもちろん、明日のことだって何が起こるかわからない、と思えば真夜中の布団のなかで叫び出しそうになってしまう。何もかも、わかってしまう（と思い込む）ことのほうがおそろしいはずなのに。

「うちら脳みそ一個すぎる」と言っていた生徒のことを、思い出す。友だちと考えてたことがまったく同じで、シンクロしすぎてほんとにびっくりしたんです、と彼女は話していた。昔、わたしたちって以心伝心だよね、と友だちと確認し合ったことを似たような出来ごととして思い返す。あのときの素直な驚きやよろこびのことを、シンプルにいいな、と思う。まぶしいな。「わかる」って手を取り合ってはしゃいだことは、嘘なんかじゃない。

あのときみたいなことは、もう起こらないと思っていたから、この前の飲み会のように誰かと泣いて握手ができることがうれしかった。でもそうやって泣けるのは、手を取り合って喜べるのは、「わかる」ことがほんとうに一瞬のことだとわかっているからなのかもしれない。その奇跡みたいな瞬間を、だからわたしたちはあんなにも喜ぶのだ。

わかりあいつづけることはできない、ということがコミュニケーションの本質なのだとしたら、やっぱりわたしは「わからなくても近くにいてよ」って、言いつづけたい。いまさらながら、逆ギレみたいなタイトルだ。わかってほしくて怒っている。わからなくて、怒っている。そういう自分らしさがあらわれているから笑ってしまう。でもこころから思う。暑苦しいって思われてもかまわない。わからないことなんかわかっていても、わかりたいとわたしは思う。その瞬間を求めている。

わからなくても近くにいてよ　目次

装画　大塚文香
装幀・組版　佐々木暁

わからなくても近くにいてよ

わからないから

　ゴミ出しのために、寝巻きのうえに着る毛布を羽織って外に出る。週一のプラゴミは、数分歩いた先の公園の前まで捨てに行かなくてはならない。変な格好だから誰にも会いたくないいな、とゴミを置いていそいそ家に戻ろうとしたタイミングで、同じアパートのひとに会う。

　あっ、と思ってしまう。彼女は赤ちゃんを抱いている。最近二人目のお子さんが生まれたことは、通りかかったドア越しに泣き声が聞こえたり、夫が駐車場でちらと見かけたと言っていたから、すでに知っていた。でも本人から直接、もうすぐ生まれるんです、とも生まれました、とも聞いていなかったから、どう接していいかわからなかった。気まずいのだ。

　以前はそんなふうではなかった。かつてうちの子どもが生まれる前後、彼女はとても優しくしてくれた。順調ですか？　もうすぐですね、と会うたびに声をかけてくれたし、上のお子さんとクッキーを持って遊びに来てくれたこともある。それが、いつからかぱったり連絡が途絶えてしまった。何かあったわけではない、とこちらのほうでは思っているが、気づかないところで気に障《さわ》ることをしてしまったのだろうか。少し前にお下がりのおもちゃをいくつかと「いないいないばあっ！」のDVDをもらったけれど、そのお返しをしていないから？　そんなことで、とこちらが言うのは気が引けるが、やはりそんなことで気を悪くするとは思えない。でも、だいたいその辺りから、挨拶をしてもそっけない。そっけないから、こちらも深追いするのは、と距離ができる。あるいは、当時は気づかなかったが疎遠になったのがちょうど彼女の妊娠時だったなら、体調やメンタルが不安定だったのかもしれない。そう勝手に解釈して、結局は仕方ないのかな、と思った。ご近所だから遭遇してしまうことはこれからも多いだろうけど、当たり障りなくやり過ごすしかない。

でも、今日は生まれたばかりの赤ちゃんを目にしたのだから、「おめでとうございます」って言えばよかった。あ、わ、とちいかわみたいな反応しかできなかったことを、いまも後悔している。

そして、自分がずっと受け身で接してきたことを思う。もっとこちらから遊びに誘ったりすればよかったのだろうか。でもそんなふうに強《し》いられるものでもないよな、ひととの関係って。相手の思っているようには振る舞えなかった、ただそれだけなのかな、とも思う。

目の前のひとが何をかんがえているのか、わからない。当たり前だけど、当たり前のこととして、そのことに何度でも新鮮に驚き、うろたえる。

6度目の結婚記念日を迎える朝、夢でわたしは夫の浮気を問いただしていた。相手はいまは遠くに暮らす、お互いの知り合いとわかった。そんなことが起きたら嫌だ、という深層心理が反映されたのか、夢のなかでわたしはやっぱり、と思った。やっぱりそうだったんじゃん。何度も力任せに夫を叩き、テーブルの上のお茶をぶちまけ、言葉の限り夫をなじった。夫は痛い、やめて、ごめんなさい、など抵抗の言葉を一切口にしなかった。なにも言わず、ただゴム人形みたいにすべてを無表情のまま受け止めていた。夢だったらどんなにいいだろう、と叫び、起きて気づけば泣いていた。はっきりと、これは現実だと思った。いや、夢なのだけど。ぼんやり薄目で横を向くと、夫は静かに眠っている。

夫に見た夢の詳細を話すと、いやいやいやいや、と言う。いやいやいやいや、はこっちのセリフ、と思いつつ寝巻のまま、まだ興奮している。するわけないじゃん！ っていうか夢でしょ⁉ とほえる夫を、わたしは信じるしかない。信じるしかない、という諦めが、そもそも夫には不服らしいが、こっちだって混乱している。夫の言う通り、どんなにリアルな夢だとしても、それは夢だった。現実ではなかった。向き合って夫の目を見る。わからない。相手の瞳に映るものなど何もこちらからはわからない。何が見えているのだろう、何をいまかんがえているのだろう、と訝《いぶか》しむ自分のシルエットが跳ね返るだけだ。

夫の顔には、つねに表情がある。思案顔というのか、とにかくいつも、「何かをかんがえている」顔を黙っていても、たたえている。それが面白くて、だから「いま何かんがえてた？」とわたしはおりおり訊《たず》ねる。夫はとくに鬱陶しがらずに、「仕事のあれとこれとか」「いまからアイス食べよっかなって」「今日来た学生が」と頭のなかを披露してくれる。そうやって、思考をとおり抜けて出てきた言葉だけを、わたしは受け取る。それは本心なのだろうか、ほんとうには別にかんがえていたことがあったのではないか、とどこかでは思いながら、でも夫の言葉を聞き、わたしはそのたびに声を返す。笑う、いなす、皮肉を言う。12年、こうしてずっと一緒にいたってわからない。何もわからない。わかったつもりになることだけ、どんどん巧みになっていく。

3月8日の結婚記念日がミモザの日であると知って以来、記念日に合わせてミモザの花を買うようになった。

ミモザはすこし足を延ばした花屋にしか入荷せず、毎年そこへ行くのは緊張する。というのも、店主がいかにも一家言あるという感じで、どうにも話しかけづらいのだ。今日も、というか今年もやっぱり冷たくあしらわれてしまった。わかって訪ねているから構わないけど、でももうちょっと優しく接してほしい、と思ってしまう。近所の友人も同じ評価だったので、そう感じるのはわたしだけではないらしい。いきおい、すごすごと家に持ち帰ったミモザは夜には萎《しぼ》んでしまった。お店ではあんなにぽわぽわしてたのに。店主はわたしがミモザをうまく扱えないことを見抜いていたのだろうか。だからあんなぶっきらぼうな態度を。けれど花瓶に移す際、花が包んであったやわらかな紙をひらくと、そこには「thank you, have a nice day!」と丁寧な文字があった。かわいらしいうさぎの絵まで添えてある。なんだ、やさしいんじゃん。というか小粋《こいき》だ。「実はミモザの日が結婚記念日で」と話しかけたらよかったのかもしれない。怖い、とか思ってごめんなさい、とこうして後から思う。

花屋に向かう途中、信号待ちに小学生たちと鉢合わせた。気さくに「これ、ここに赤ちゃんが座るん？」と自転車の前に取りつけてある子どもの椅子を指して、そう訊かれる。おお、そうだよ。子どもを乗せるんだよ。こんなちっちゃいとこに入るんだね、危なくないの、赤ちゃんだからきっと入るんよ、などいつの間にかわらわら小学生たちに自転車を囲まれ、笑ってしまう。信号が青になって、じゃあね、とペダルを漕《こ》ぐと「赤ちゃん、自転車速く走ると危ないけぇ、気をつけてね！」と手を振られる。きみたちも気をつけて帰ってね、と思う。いいなあ。そのまんま、彼らはいま思っていることを、わたしに投げかけてくれたのだ。自分にもあったはずの、そういう真っすぐさというかまっとうさを、わたしはいつ失ってしまったのだろう。いや、失ってはいないのかもしれない。ただ、そういう素直さからいま自分はとても遠いところにいるような気がする。

ドミノピザに並ぶ黒い宅配バイク、交差点のむこうの、ふれあい広場、とマジックで書かれた元商店のガラス戸。窓には皇室の写真、というか切り抜きが何枚も貼られていて、足元には「ご自由にどうぞ」という箱に大小さまざまな空き瓶がある。横断歩道をゆっくりと左折する大型トラックを運転する男性と目があって、この人とわかりあうことはできるかな、とふと思う。できるかもしれない。わかりあうってなんなんだ。わかるってなんなのだろう。さっき小学生に掛けられた言葉は、そのまま、まっすぐにこちらへ届いた。それは意味通りだったから。その場限りの、忖度《そんたく》などひつようない言葉だったから。こうやってわたしは、すぐに人の「本心」を探ろうとする。そんなの、ほんとうにあるんだろうか。

＊

もう一度、テーブルを挟《はさ》んで向かいに座る夫の顔をじっと見る。以前、年賀状を送った友人から、「ふたりとも顔がそっくりだね」と言われてぎょっとしたことがあった。べつに元から顔の造作が似ているわけではない。写真のわたしたちは、笑顔の作り方がそっくりだった。お互い子どもとよりも、夫婦のほうが似ている。そんなことってあるのか。なんだかおそろしい気持ちになる。食べるもの、起きる時間寝る時間、観るテレビ、読んだ本、すべてを共有して身体に取り込んで、ふがふが笑ったり怒ったり、そんなことを繰り返して、見た目がこんなに似通ってしまった。わたしたち、似てるんだってさ。でも、似ていたってぜんぜん、夫のことはずっとわからない。

いまはテーブルに向かい合って動物倫理の話を真面目にやっている。50年後くらいにはもう牛肉なんて食べなくなってるかもね、まあわたしたちいまもほとんど食べてないけどね、でもべつに倫理的にとかじゃなくてただ高いからね。浮気云々、さっきまでの険悪さはいつの間にか霧散《うんさん》して、全然関係ない話をしている。こんなにもわたしたちはちぐはぐだ。ちぐはぐで、でもほんとうだな、と思う。すべて、思ったことを言う、伝える。伝わらなくてもいいことくらい、わかっているから。

わからなくても近くにいてよ、と思う。勝手だろうか。近くにいてよ、ってまんまJ-POPの歌詞じゃないか。近くにいてほしい。無理でも、いたいと思ってしまう。ロマンティック・ラブを地で行く自分、それをつよく求めようとする自分、相手とどんなふうにどうあることが「いい」ことなのかわからずに、いつも自分ばかりが理解や共感を得ようとする。夫はそれを、求めない。いつもどこか澄ました顔で、平然としている。

わからなくてもわかりあえることを、あんたはもう知ってるっていうのかよ。わかりたいのは、安心したいから。嫌われていないか、関心を向けられているか、つねに不安なのだ。その欲求はとても未熟で、けれど根源的なもののように思う。みんなこの不安とどうやって向き合っているのだろう。あるいは、どう、やりすごしているのだろう。

心的距離感など、お互いが勝手に感じているもので、どこにいても、その人と自分がいま近いか遠いかどうかなんて、ほんとうのところわからない。遠くたって近くにいるし、近くにいたってこんなに遠い。だからいつも、こころのなかでおーい、と思う。ふと、そうやって誰かに呼びかけたくなる。呼びかけたら、振り向いてほしい。振り向いて、笑って手を振ってほしい。そうしたらわたしは駆けて行きたい。人との距離を考えるときには、そんな想像をする。

記念日の夜は出前で寿司をとって、おいしいおいしいと頷きながら食べた。今年もこうして、記念日を祝っている。毎日お互いの調子を訊ね合って、話題を共有して、つまらないことで揉《も》めて、そういう毎日を過ごすことができれば、またわたしたちはうまいうまいと寿司を頬張っているかもしれない。そうして来年、再来年、と少し先の未来のことならなんとなく想像できて、でもその先はかすんでぼんやりしている。ぼんやりしていても、やっていけるもんだろうか。やっていけるといい。いまはただ、寿司を食べて酒を飲んで、こんなに楽天的でおおきな気分。それなりに深刻なこともあるかもしれない。けれどそういうことは、いまはかんがえていない。ただ、ぼんやりした気持ちをこうしてたずさえて寿司を頬張っている。

手渡せるものなど

友人家族と会うのは実に1年ぶりだった。

ちょうど1年前の今頃、うちでお別れ会を開いた。昼間から友だちを集めて、ひとりはボウルいっぱいに仕込んだ鶏肉を抱えて現れ、キッチンでから揚げを大量に揚げてくれた。みんなおのおのカレーやワインなどを持ち寄って、友人家族との別れを惜しんだ。惜しみつつ、たくさん食べて飲んで話して、夜までとてもにぎやかな会だった。

わたしは会場であるうちのリビングを彩るために、コピー用紙をつなげて、裏をセロテープで留め、「いままでありがとう、離れた場所でも元気でいてください」と、クレヨンでおおきく書いて、周りを輪飾りで囲った。

夫の就職で縁のない土地に越してきた、という者同士、彼女はわたしにとってここで初めてできた友だちだった。もちろんまたいつかどちらかが引っ越すことになることは折り込み済みで、ふたりでお茶をしたり飲みに出かけたり、子どもが生まれてからは家族ぐるみで仲良くしてきた。わかっていたはずなのに、「今度の3月に引っ越すんです」と聞いたとき、なんで先に行っちゃうの、と思ってしまった。でもそんなこと、彼女だって夫の仕事の都合でまた新たな土地に行くのだから、きっと不安だろう。なのに、なんで、と思ってしまう。

お互い大人だから、寂しいね、と言い合って手を取って泣いたりしない。でもわたしは泣きたかった。そういま書いて、ちょっと驚く。そうか、わたしはそのくらいほんとうは寂しかったんだ。当時はそんな自分の気持ちに気づかなかった。なんならちょっと不貞腐《ふてくさ》れていた。だから彼女がどのくらい不安でいまどんな気持ちなのか、わからなかったし、訊くこともしなかった。

会うたびにそのとき自分が話せること、話したいことを共有していたつもりだったけれど、そして彼女のほうでも色んな話を聞かせてくれたけれど、わたしは、彼女がある時期に希死念慮を抱えていたことをまったく知らなかった。それは別の友人から聞いたことで、なぜ自分に話してくれなかったのか、そのことばかりをかんがえてしまった。彼女がいちばん苦しいときに力になれなかった、ならせてもらえなかったことがとにかく悔しかった。

自分は彼女にとって、結局はそこまで大事な友人ではなかったんだな、と勝手に結論づけて、彼女が引っ越すまで、こちらから連絡は取らなかった。いま思えばほんとうにつまらない意地を張ってしまった。引っ越しの当日だって、彼女のことを気にかけながら、そうやってそわそわ気にするのならすぐにでも家を出て、これまで何度もお邪魔したアパートに自転車を走らせて、新幹線で食べるのにちょうどよさそうな、彼女が好きだったケーキ屋のちいさな焼き菓子を渡して「これまでずっと、仲良くしてくれてありがとう、どうか元気でね。またすぐに手紙を書きます」って笑顔で見送ればよかったのに。でも、だって、うちで盛大なお別れ会も開いたのだし。もしふたりで会ったらしんみりしてしまって、何を話せるかわからなかったから。自分ばかりが頼っていたこと、自分ばかりが彼女を好きだったことが知られてしまうのが、恥ずかしかった。

大人になってからの友人関係って全然よくわからない。そう、夫に何度もこぼした。小学生の頃のように絶交することも、そしてすぐにあっさり仲直りすることも、お互いを「うちらって親友だよね」と確認し合うことも、交換日記で好きな人を教え合うことも、だれかの悪口を思いっきり言い合うこともない。大人同士の友情は、とてもおだやかだ。相手がおだやかであれば、なおのこと。子どもの頃の友情が全速力の体当たりだったなら、大人になってからのそれは、ただ並んで一緒に歩くことだった。木陰《こかげ》の道を選んで、疲れたらカフェに寄って。

それでいいじゃないか、と思うのに、ときおりそれがたまらなく寂しいのだった。そんなの、しんそこ自分勝手だと思う。あの頃だって手探りだったはずだ。同じだけ秘密を打ち明け合うこと、お互いのすべてをぶつけ合う関係だけが友情の正解だなんて思わないのに、ただひとりで勝手に寂しくなって、でもそんなこともちろん彼女には言えない。だって、わたしたちは大人だから。

「久しぶりにみんなで旅行に行きませんか?」と今年に入って声をかけたのはわたしだった。

昨年冬に夫の出張について行くかたちで、引っ越した彼女のお家《うち》にお邪魔する予定だったのが、うちの子どもが急に発熱し、結局かなわなくなった。ざわめく名古屋駅のあんかけスパゲッティの店で、新幹線を待つ30分足らずの間、お茶をした。せっかく久しぶりに会えたのだから、もっとゆっくり話したい。それならまた以前のように旅行に行きたい、と思った。お互い子連れの旅だからやっぱりそこまでのんびりはできないかもしれないけれど。でももっとちゃんと会いたかった。それで日を改めて、お互いの家のちょうど中間地点、ということで選んだ有馬温泉に行くことになったのだった。

初めて訪れた有馬温泉は、思ったよりも賑わっていた。新鮮な気持ちで楽しむために前情報をほとんど入れずに行ったからか、勝手にもっとさびれた雰囲気だと思っていたが、いざ着いてみればとにかくひとが多い。３月、卒業旅行シーズンということもあってか、どこもかしこも若者だらけで、どこかの温泉地に似ている。あ、箱根とか？　うわ、めっちゃ箱根だ。そう言い合って坂道に軒《のき》を連ねる店を冷やかして回った。

宿に着いてからは、夫たちが子どもをお風呂に連れて出てくれたおかげで、彼女とふたりでゆっくり温泉に浸《つ》かることができた。露天風呂はたまたま貸切だった。なんとなく、静かな温泉で女友だちとふたりになると、改まった話をする空気になる。そんなことがいままで何度も場面として、あった気がする。将来のこととか、そういうことをどちらともなく話す。なんでだろう、裸だからか？　わたしたち、裸の付き合いじゃん、なんて言ったりはしないけれど。

やっぱり今日もなんとなくちょっと改まった感じになって、わたしの方から彼女に「山口を離れてどうですか、寂しくなったりはしないですか？」と訊いてみる。

「うーん、場所にかんしては寂しいというより、懐かしいって感じかなぁ。でもラジオであいみょんの新曲が流れて、あいみょんファンだった職場のひとを思い出したり、静香さんのこともそうだけど、そうやって誰かのことはふいに思い出して、寂しくなりますね」

わたしならたぶん、「あーうん、寂しいっちゃ寂しい！」とか適当なことを言ってしまうところ、彼女はちゃんと「いま」を言葉にしてくれる。そのことがわたしは、いつもうれしいのだった。

ちょっとの沈黙があってから、彼女はふたりきりの露天風呂でこう切り出した。

「わたしが死にたいって思っていたのを、あのとき静香さんに話さなかったのは、というかその話をほかの友だちにしていたのは、全然静香さんが信頼できないから、とかじゃないです」

やっぱり真っすぐ目を見て話してくれるから、だめだ。目の奥が、というか目のまわりがにわかに熱くなる。以前、当時のことについて「彼女にとってわたしは一番に信頼できる友人ではなかったのだなと思った」と、そうわたしは書いたのだった。初めて出るエッセイ集に、そんなふうに書いてしまった。もちろん、彼女はそれを読んでいる。本になる前のゲラも読んでくれていた。彼女への当てつけに書いたわけでは決してない。自分の無力さを、力になれなかったことをただ、悔んでいた。そして、わたしはそれを彼女に直接伝えることができなかった。とても回りくどく、ある意味無遠慮な仕方で、文章にして、わたしは彼女にそれを伝えた。力になれなくてごめんなさい。でもずっと友だちでいたくて、離れていても、そう思っていることを、どうしても伝えたかった。

赤褐色の湯舟のなかで、わたしはたいした返事ができなかった。「そんな、うん。なんかすみません。でも話してくれてありがとう。1年越しにこうやって伝えてくれて、うれしいです」そんなことしか返せなかった。そもそも、たいがい子どもじみている。友だちがとてもセンシティブで苦しい話を自分に打ち明けてくれなかったことに、ひとりでショックを受けていたなんて。こうして1年越しに、当時の自分の気持ちを伝えてくれる彼女の真摯さに打たれる。うーっとなる。ほんとうに胸のあたりがうーっとなって、そのまま温泉に沈んでしまいたかった。不甲斐なく、なにもできず、いつもおろおろするだけの自分を沈めてしまいたかった。涙が滲《にじ》んで、お湯を両手に掬《すく》ってごしごしやる。視界の隅で、彼女も同じ仕草《しぐさ》をしたように見えた。

「静香さんに、あのときのことを話さなかった、というか話せなかったのは、そのとき静香さんがあーちゃんを産んですぐで、命のそばにいたからです」

そんなの、ぜんぜん知らなかった。そんなの知らないよ。言ってよ。大丈夫だよ。彼女は、自分のつらさをそのままこちらへ寄越そうとしなかった。かんがえて、わたしに話さなかったのだ。きっとものすごくかんがえて。それを思って、また泣けた。もっとわがままでいいのに。子どもが生まれてすぐの頃だったって、わたしは大丈夫だったよ。あなたの話を聞くことができたよ。そう言いたかった。でもそんな言葉は出てこなかった。泣いちゃだめだと思った。ほとんどのぼせた湯舟のなかで、でもそれが汗じゃないことくらい見ればわかるのに。

「わたしは、今までもこれからも静香さんのことが好きですよ」

そんなこと言われたらかなわない。何も言えない。でもいま言わないと後悔する。「ええと、わたしもすごく好きで、大事に思ってます。これからも友だちでいたいです」。わたしもです、と彼女は言ってくれた。静香さんのこと、好きです。ありがとう、と。そう、わたしたちはずっと、敬語で話す。慕わしさを保ったまま、わたしたちはわたしたちのこの距離感で、こうして仲良くしてきたのだ。

それ以上、お互い何も言わず、わたしは真っすぐ彼女の顔を見ることもできなかった。沈黙のなか、露天風呂の引き戸が開いて、おばあさんがひとり、ゆっくりこちらにやってくる。いつだって、いままでだってずっと彼女から受け取るものは、そのときその場面においてそれがすべてであって、裏も表もない。なかった。そのことに、わたしはなぜ気づけなかったのだろう。そんなこと、疑う余地はないのに。自分がちゃんと信頼されているかどうか、それを態度で示されなければ安心することができないとか、そんな安易な、つまらないことではなかった。彼女は、知り合ったときからずっと、変わらずに接してくれていた。わたしばかりが訝《いぶか》って、勝手に嘆いていた。彼女が当時わたしに話さないでいた理由を、知り得ないそれを自分にばかり引き寄せようとした。

ほんとうは、友情なんてずっとじゃなくていい。わっと仲良くなって、離れてしまえば自然に疎遠になるものだ。だって住む場所もこんなに遠い。そう言ったら、彼女は「そんな寂しいこと言わないでください」って言ってくれるかもしれない。もちろん、離れていたってこころを通わせることはできるし、これからもそうでありたい。でも、こうしてお互いのかけがえのないいま、を交換できたことに、わたしはずっと生かされる。大げさだろうか。

そろそろ出ましょうか、けっこう長く入っちゃいましたね、と言いながらお湯を上がる。その夜、子どもたちを寝かしつけた後の真っ暗な部屋で、お互いの表情もよく見えないいま４人で静かにお酒を飲んでしゃべったこと。いっそすべて忘れてしまってもいいくらい、ほんとうに楽しかった。

大きなジョッキ

　大型連休に入る手前の日曜日、わたしの希望でオクトーバーフェストに行くことになった。３年ぶりの開催らしい。天気もよさそうだしいいね、と夫と言い合って寝る前に布団のなかで詳細を見ながら、「えっ」と思わずちいさく絶句する。

「なに？」

「オクトーバーフェストのビール、いくらすると思う？」

「うーん、１０００円くらい？」

「１６００円……」

「１杯？」

「１杯……」

　子どものちいさな寝息が暗がりに聞こえている。えっ高。やめとく？　やめとこうか。

でもビール、ドイツビール、それも青空の下で飲むビール。いやそんな行きたいならいいけど。そう言って夫は先に眠ってしまった。

久しぶりに乗る電車は、けっこう混んでいる。ひと足早く連休が始まってるひともいるからだろうか。

結局、翌朝起きるなり、こんなピカピカに晴れたんだから行くしかないでしょ！　と夫を鼓舞《こぶ》して家を出てきた。ふだんの外出は車だが、飲む気満々なので今日は電車。「車のほうが楽じゃない？　自分はいいから、きみだけ飲めば？」と言われたが、ひとりで飲んでもつまらない。一緒にグラスをぶつけたい。ということで付き合ってもらった。電車好きの子どももおとなしく車窓《しゃそう》を眺めている。いい滑り出しだ。

向かいの席はほとんど満席で、みなマスクを着けている。改めて見ると不織布のマスクっておおきいなと思う。顔のあらかたが覆《おお》われている。前に並んで座る一人ひとりの無表情からは、何をかんがえているかは読み取れない。いや、そんな他人の思考など読み取ろうとするものでもないのだけれど。

地方に住んでいると、このように見知らぬひととしばらくの間同じ空間に居合わせるということが、ほとんどない。あったとしても自転車ですれ違うくらいで、みなおしなべて車移動であるがゆえ、そもそも歩道を往《ゆ》くひとがあまりいない。スーパーに行けばもちろんそれなりに人出はあるが、そこでもただ一瞬すれ違うだけである。町のひととのふれあいが足りない、みたいなことを嘆くつもりもなく、ちょっとしたコミュニケーションなら職場と、子どもの保育園関係で十分である。

東京に住んでいた頃は、むしろ見知らぬひとびととの意図しない接触にうんざりしていた。満員の田園都市線の車内では、見たくなくてもくたびれ果てて居眠りするひとの頭皮までよく見えた。だからほとんど無意識ながら知らぬ誰かの髪に対して（そろそろ染めどきでは……）と思ったり、堂々目の前で化粧を始めるひともいたから、興味深くその過程を見守ることもあった。他人と身体が否応《いやおう》なく接触し、体臭や毛穴といった細部が迫るという状況がそもそも特異であったはずなのに、地方ではそれがまったくない。他人は無色透明の他人のままで、お互いストレスなく暮らすことができる。いま、しげしげ無遠慮に毛穴を眺めることができるのは夫くらいだ。

駅に着いて、電車に乗り込んできた男性が、ドアの脇に立っていた男性に話し掛ける。笑う男性。話すふたり。ああ、車内で待ち合わせをしてたのか。二輛編成だから、都会のようにどこ乗ってる？　何輛目？　とＬＩＮＥを飛ばし合う必要もない。さっきまで無表情だった男性は、じゃあこころのなかで（あいつ、ちゃんと遅れずに乗ってくるかな）と思ってそわそわしていたのかもしれない。そんなことは、もちろん真顔のそのひとからははかり知ることはできない。

知らないひとのこころのなかまでを知りたい欲望があるわけではないが、でも多少気にはなる。みな、無表情をたたえながらほんとうには何かをかんがえているということが、ずっとふしぎだ。「顔に書いてある」なんて言うけれど、顔には何も書かれていない。よく些細な表情の翳《かげ》りや声のちょっとしたトーンから気持ちを汲《く》めるよなぁ、と思う。いや、じっさいには汲めてなんかいない。

あのひとはあのとき、ほんとうには帰りたかったんじゃないか、無理させてしまったんじゃないか、そういうことばかり後からかんがえてしまう。だから大笑いしたり、泣いたり、そういうコントロールし切れないおおきな感情があらわれてやっと、ああこのひとはいまうれしいんだ、かなしいんだ、と安心して受け取ることができる気がする。でもそんなことはまれで、しかも泣いていたって、それがかなしいのか切ないのかしんどいのか、そのすべてなのか、感情などグラデーションで、自分だって自分の感情のすべてをわかってなどいない。

もしも、いま思っていることがそのまま声になってしまったり、あるいはそれがダイレクトに相手に伝わる世界だったらどうなっていただろう、と子どもの頃にかんがえたことがあるが、子どもの時分でさえそんなことになったら大変だ、と思ったものだった。わかりすぎることはこわい。もしも相手の気持ちが手に取るようにわかってしまったら、きっとわたしはすべてを手放してしまうから。誰のことも、あなたのことも、わからないからわかろうとする、なんてことはわかっていながら、まだ向かいに座るひとびとが俯《うつむ》いて無表情のままスマホに顔を落とすのを、視界の端でやはりぼんやり見ていた。

ターミナルで電車を降り、今度はバスに乗る。座れるだろうと踏んでいたバスはむしろかなり混み合って、抱っこのまま眠ってしまった子どもを片手で支えながら、どうにも揺れるので「ウォッ」とか「わ」とかそのたびに声が出てしまう。みなオクトーバーフェストの会場を目指しているのか途中下車するひとはほとんどいない。どんどん混み合う車内、重みを増す子ども。ちょっとしんどいな、と思いかけたその折、「座って、どうぞ」と声を掛けられる。夫婦と思《おぼ》しきふたりの、女性のほうが席を譲ってくれた。となりに座ると、男性が、「すみませんね、わたし若く見えてこれでも高齢者なもので」とパスをちらっとこちらに覗《のぞ》かせる。咄嗟《とっさ》のことになんと言っていいかわからず、ああそんな、むしろ一席譲ってもらってすみません、と返す。男性はたしかに身なりからも若く見えて、糊《のり》のきいた太いストライプのシャツに真っ白のジーパンで決めていた。片手にちいさな三脚のついたカメラを携えている。泥のついた子どもの長靴がその白いズボンに触れないよう、右手で足を押さえて、それ以上お互い話すことはなく、ちょっとした気まずさからすこしの間目を閉じていた。

バスはその後も停車せず、オクトーバーフェスト開催の公園まで直行した。やっぱりみんなここが目的だったんだな。車窓からもかなりの賑わいであるとわかる。となりの男性が、すこし離れたところに立つ連れ合いの女性の横顔を撮っていた。

はたして3年ぶりのオクトーバーフェストはものすごい人出だった。おー、と思わず低い声が出る。おおきな看板を掲げたどの店も長蛇の列で、おまけに昨夜までの雨がたたって地面はかなりぬかるんでいる。やっぱり子どもに長靴を履《は》かせてきてよかった。みな足元を気にしながら、なかなか進まない列にじりじりじりしているのがわかる。というか自分もそのうちのひとりだ。暑い。列は動かない。前のひとはパーカーを着ていかにも暑そうだ。あのひと、きれいなスニーカーにさっそく泥が跳《は》ねちゃってる。そんなことを思いながらメニューを眺めていると、「ったくさぁ、こんなんならアンタは何しにここまで来たってんだよ、あの父親はぁ！」と、けっこうな剣幕で悪態をつく女性がいてびっくりする。電話を切った後のひとりごとのようだ。家族で来たのだろうか。自分だけが炎天下のなかこうして並んで、みんなの飲み物や食べ物を確保しようとして、そもそも今日は楽しい気持ちでやって来たのか、それとも渋々だったのか、そんな心中まで察そうとする自分がいる。

おまけにビールは軒並み一杯1600円である。やっぱり高すぎる。前情報として知っていたから覚悟してやって来たが、びっくりしたひとも多いのではないか。ポストに入っていたチラシに値段は書いてなかったし。ドイツのうまいビールとはいえ、正気に戻ったら買えない値段だ。みな、この高すぎるビールを買い求めるために、列を作っている。イライラしながら。そのことを思うと、なんだか滑稽で、やにわに愉快になってくる。みんな騙《だま》されている。この高すぎるビールに。このうそみたいにうつくしい初夏の陽気に。

そうしてやっと手にしたブーツ型のジョッキは思いのほかおおきく、いっそう愉快な気分になる。「プロースト！」と思いっきりグラスをぶつけて乾杯したくなる。まあこれならいいかと許せる気分もにわかにのぼってくるのだった。特設ステージではさっきからくり返し乾杯をうながす快活な音楽が流れ、太陽はいよいよ眩《まぶ》しく、「かんぱーい」とブーツジョッキを鳴らす。一口目からぬるい。苦労してビールを買った後、またソーセージの長蛇の列に並んだから。しかもそのソーセージが今度はまったく温まっていない。居酒屋で出てくるキンキンに冷えた一番搾りが恋しくなって、いまそんなことをかんがえてしまったら台無しだ、と生ぬるいビールをあおる。

夫は早々に顔を真っ赤にして、「でもたのしいね」と言う。ビールも料理もコンディション的には最悪で、でもこんなに最高の陽気で、おおきなジョッキを手にするひとびとはみな愉快に映る、その自分のいかにも安易な想像力。さっき悪態をついていた女性も、いまは楽しい時間を過ごしているだろうか。まだ夫に憤《いきどお》っているだろうか。バスの座席を譲ってくれたふたりもこの場にいるだろうか。飲みすぎたのか、しゃがみ込んで苦笑いしている女性と、その女性の背中をさするひと。それぞれのテーブルでの会話はそのままおだやかなざわめきとなってその場の陽気さを後押しし、いまここ、この時間だけでもみんなが楽しいといいなと思う。だってせっかく来たのだから。たまに吹く風がとても心地いい。冷めたソーセージをつつきながら、この五月の喧騒《けんそう》のなかにそうして、ひととき漂っていた。

午後の車内は空《す》いていて、向かいの座席に座るひとよりも、窓の向こうの景色に目がいく。ふいに黄色やエメラルドグリーンのショベルカーがたくさん見えて、子どもが歓声をあげる。園芸店では人々が苗や植木を選ぶ。それぞれがそれぞれの日曜の午後を過ごしている。そんなふうに思って、そもそもいったい、わたしはずっと誰視点なのか。ひとを観察するばかりで。みんな、何をかんがえているかわからない、なんてそりゃわからないよ。だって他人だから、話をすることもない。毎日他人と至近距離で過ごすことが当たり前だった頃にはそんなこと、かんがえなかったのに。他人が珍しいからか、みんな何をかんがえているんだろう、なんてそんなことを日に何度もかんがえてしまう。

連休明けに、たとえば職場などで、オクトーバーフェスト行ったんですよ、ビールが1600円もして。えー高いねー、オクトーバーフェストってあれでしょう、どこも主催元は同じ会社で独占してるから暴利なんだよ。うわ、そうなの知らなかった。でも楽しかったからまあいいんだけど。そんなやりとりを、あの場にいたひとたちはみな、するんだろうか。またそんなことをひとりでかんがえている。そういえば、かつては仕事の行きも帰りも疲れてよく電車で眠っていたが、それも自転車通勤のいまはない。眠る他人と居合わせるというのもかんがえてみればふしぎな時間である。この車内で眠るひとはいない。目を閉じていても、午後の陽ざしのあかるさが肌やまぶたに伝わって、何より電車の揺れがこんなにも心地いい。

3／22（水）

まだ水曜日なんだ、と思う。昨日が祝日だったから気分的には週明けのような感じ。テレビではWBCの決勝戦真っ只中で、あまり注視しないようにしつつ、音量を落としてチラチラ見ている。8回表、アメリカが打ち返して3－2になった。投手のダルビッシュが神妙な表情である。ワールドカップだとかオリンピックだとか、こういうここ一番の大勝負について、自分があまりその試合に注目すると負ける、と思っている人は多くいるのではないか。とくに「にわか」であることが、その気分を加速させる気がする。ダルビッシュはそれにしてもシュッとして首が長く、水鳥のようだなと思う。ダルビッシュのことは、かつてまだ彼が高校球児だった頃、『Seventeen』だか『ニコラ』だったか、今月の注目ボーイ、みたいな欄に載っていたことを覚えている。当時も首が長い、と思った。また高校の頃、クラスにダルビ（ダルビッシュの略）と呼ばれていた男子がおり、野球にまったく明るくないわたしにも、ダルビッシュはこうしておりおり姿を見せる。

天気がすこぶる良く、洗濯物が気持ち良さげにはためいている。はためく洗濯物を、こうしてダイニングテーブルから眺めるのがけっこう好きだと気づく。春の空は白っぽく、さながらパステルカラーの世界をちいさな窓から満足気に眺めているこの午前。今日締切の原稿はもう送ったし、メールも返したし、さっき請求書を出しに郵便局にも行ってきた。久しぶりに記帳したら、昨年11月から100万円増えていた。それはフルタイムで働く人には大した額面ではないかもしれず、けれど週3日、非常勤のわずか8コマの給与だけでは届かない数字で、半分以上は原稿料だった。振込がたまたま重なっただけ、とはいえ書いたものでこうしてお金をもらえる、そのことがシンプルにうれしかった。

早めの昼ご飯の支度をしながら、9回表の大谷のピッチングで日本は勝利した。最後の大役をしっかり決めて、この試合、というかこの大会自体が大谷のためのものだったじゃないか、と思う。大会中、調子が上がらないと言われていた村上もスコーンと1本ホームランを打ったし、わたしが村上か大谷だったらその場でチビるか、トイレに籠城するだろう。しかし村上も大谷もわたしではないから、彼らは打つ、投げる。そして勝つ。勝つのかな、ほんとに日本が優勝するのかな、と思いながら、まだアメリカの逆転だってあり得るはずの、そのどちらにも可能性が開かれた不思議な時間のことが印象的だった。球場ぜんたいが大写しになって、そこにあるその芝生のみどり色。

いやに落ち着いた気持ちでご飯をあたため、そのうえに細く切ったレタスを乗せ、ベーコンエッグを乗せ、マヨネーズと醤油をわーっとかけて食べた。

保育園のお迎え前に、自転車で図書館に寄る。返す本と、リクエストする本と、新たに借りる本。吉村萬壱『ボラード病』、李琴峰『生を祝う』、小林エリコ『わたしはなにも悪くない』を借りる。風が強く、自転車がなかなか進まない。ママチャリは重心が低く力が分散して、漕《こ》ぎづらい。もっと軽々と、自分だけの自転車で町を駆けたい。

夫が帰宅して「なんかだるいかも」と言う。

熱を測ると37・0℃。うーん、まただ。1ヵ月も経たずまた体調を崩している。子どもが保育園に通い出して向こう1年、子ども、夫、わたしと順番に、あるいは同時に、つまり誰かが必ず体調を崩している。子どもはつねに鼻水が出るか咳が出るか、夫は以前より熱を出しやすくなった。入園前に園長から「とにかく1年辛抱してください。次の年からは驚くほど強くなりますから」と言われて、もうすぐちょうど1年になる。なるほどたしかに子どもは随分体力がついて、熱は出さず鼻風邪程度で済むことがほとんどだが、いかんせんわたしたち親は反比例するように体力がなくなって、すぐにどちらかがだめになる。だめになると（主にわたしのほうが）イライラして夫にあたってしまう。

それで、ヨーグルトメーカーを買った。小林エリコさんのブログでたまたま「ヨーグルトメーカーでヨーグルトを作って食べ始めてから4年風邪を引いていない」との記述を見つけたのだった。なんだそれは。すごい。すぐに買った。そして、作った。小林さんに倣《なら》って、R1ヨーグルトを種とした。強さ引き出すR1。美味しくなかったらつづかない、と思っていたが、手作りのヨーグルトはとろとろで、味もむしろ前のめりに美味しい。牛乳パックにそのまま種となるヨーグルトを入れ、メーカーにセットして、42℃で8時間。これで夜セットすれば翌朝に出来上がる。我々のよわよわな身体から強さは引き出されるのだろうか。元より、よわよわな身体に強さは存在するのだろうか。いまじゃ考えられないが、独身の頃は熱なんて、滅多に出さなかった。風邪だって1年に1度か2度。なぜこんなに体力が落ちてしまったのだろう。ヨーグルトは、子どももおいしい、と言っていた。元々乳製品アレルギーの子どもは最近少量ずつ、チーズや牛乳を摂れるようになっている。一緒に食べられるのがうれしい。こうして、このヨーグルトメーカーにわれわれ家族の健康は託された。

洗濯物かたよってはためいている物干し竿のまっすぐな線

3／28（月）

今日は来客がある。しかも3人、みな歌人。昨日博多天神の ajiro であった笹井宏之賞の授賞式を終えた選考委員の大森静佳さんと、その後の飲み会に同席していた長谷川麟さん、山下翔さんがはるばる、関門海峡を越えてうちへやってくるのだ。午前中、いそいそと買い物へ自転車を走らせる。大森さんが「瓦《かわら》そばが食べたいな」と言ってくれたので、それをメインに、刺身や餃子、助六などを買った。出来合いのもので申し訳ないと思いつつ、はじめて行く人の家で出されたものがごりごりの手料理だとしんどいのではないか、と図ってのことでもある。

というのもこのあいだ、元同僚の先生のお宅でお昼をご馳走になったとき。事前に「ココナッツ鍋の予定です」と聞いており、わたしはちょっと身構えていた。知らないうちの、知らない料理。でもそんなことはお見通し、であったらしく「初めて来た人んちでよくわからないもの出されたら怖いわよねー？　だから材料だけ切って、いまから実演するわね」と、テレビの料理番組よろしく円卓にさまざま材料を並べ、目の前で鍋を作ってくれたのだった。帆立の貝柱、鮭、肉団子、パプリカやしめじや白菜が煮立ったココナッツミルクに投入される。T先生は年齢でいうと自分の母と変わらない。つまり彼女からすればわたしは自身のお子さんと同世代で、そんな親子の歳の差のわたしたちがこうして親しくしていることが不思議、というか一方的に年上然としないT先生の気さくな振る舞いによって成り立つ関係なのだと思う。元々、わたしが出産を控えてその代理で授業を持ってくれた、そういう出会いで以来、こうして往来がある。ご馳走になったココナッツ鍋はエスニック風味でとても美味しかった。〆のフォーまでいただいてお腹いっぱい。なるほど、たしかに人の家であっても、ゼロから目の前で一緒に作って食べるなら、全然抵抗感はない。焼肉とかたこ焼きなんかも同じこと、なのかもしれない。

　ということで、今日もライブ形式で瓦そばを作ることにしたのだった。博多から山口宇部までの道中、大森さんがLINEで状況を伝えてくれる。古賀サービスエリアから、顔はめパネルにしっかり長谷川さん山下さんが収まった写真が送られてきて、スタンプを送り返したりする。それから1時間ほどして3人がアパートに到着した。山下さんはTwitterで繋がっていたものの、お会いするのは初めて。山下さんといえば、年中半袖半ズボンにサンダルである。お酒をとにかくたくさん飲む、そしてたくさん食べる。ゆえに大変恰幅もよい。そう、以前ふたりから聞き及んでいたのでわたしのなかですっかり山下さん像はできあがっていたが、はたして現実の山下さんは、その想像とあまり変わらなかった。それを聞いていなかったら驚いていたかもしれず、この3月にやはり半袖半ズボンにサンダルで、けれど玄関で手提げからするっと靴下を取り出し、「昨日ふたりに指導されたので……」といそいそと穿《は》いていた。防寒とかムレ防止とか体裁とか、そのような靴下の意義を離れて、いまスリッパのように機能する山下さんの靴下。しみじみと一連の動作を見守る。

長谷川さんの恋愛最終章とその展望、同人誌を穏便に存続させることの難しさ、「THE FIRST SLAM DUNK」を4人中3人が観ていたこと、初めて集まった4人で食卓を囲んで、わたしはせっせとホットプレートで瓦そばを作った。もっと美味しくできたかな、と思いながら、でも3人は美味しい、と食べてくれたのでほっとした。ドライバーの長谷川さんには申し訳なく思いつつ、ビールに始まり日本酒、そして寝室の本棚の上に眠っていた去年の梅酒を試飲、のつもりが美味しくてけっこうたくさん飲んだ。今日のことをそれぞれ10首詠《よ》んでネットプリントにしよう、という話がうちに来るまでの車内で持ち上がっていたらしく、単発の同人誌っぽい感じになりそうで楽しみだ。帰りは新幹線で京都へ帰る大森さんを最寄り駅まで見送って、いつもの道を大森さんと並んで歩いていることがすごく不思議だった。会いたいひとに会おうと思えば会えることを、手を振ってまた別れることを、大切な営みとして実感する。

そのまま保育園のお迎えに行き、帰宅した子どもは長谷川さんにもらったホイールローダーのミニカーをいたく気に入り、現在一番の相棒である、それは去年のクリスマスにサンタからもらったはしご車なのだが、それをわたしにひょい、と渡し自分はホイールローダー、ママははしご車、とうれしそうに遊ぶのだった。眠るときももちろん一緒。子どもはためらいなく、あるいは当然のこととして、こうして好きなものを寝床に持ち込む。ガチャガチャしたりゴツゴツしたりするそれらを腕や頬で感じながら、眠っている。

窓越しの大森さんに手を振ってどこかで
桜は満開のはず

4／2（日）

毎朝、子どもの不機嫌な寝言というか泣き声で起きる。得てして子どもの寝起きというのはそういうものであるとこれまで疑わなかったが、もしかするとこれがいわゆる「寝起きが悪い」ということなのだろうか。そうかもしれない。起きてすぐにっこり、という子もいるのだろうか。

わたしの場合は機嫌云々ではなく、とにかくぬぼーっとしていた。小学生の頃は起床1時間は手足にまったく力が入らなかったし、食欲もなく、無理して食パン半分をほとんどえずきながら食べていた。低血圧だったのかもしれない。朝食をほとんど摂らない分、それを巻き返すように給食はクラスの誰よりも多く食べていた。いただきます、の合図でまず全部の皿のおかずを増やし、平らげれば時間の許す限りおかわりをした。昼と夜にいくらでも食べて、たっぷり眠り、結果とても背が伸びた。朝食は、いまもあまり食べない。

夫が午後から仕事なので、午前のうちにひ

とりで買い物へ。免許を取って4年ともなれば、ひとりでもそれなりに運転できるようになったものの、混み合う駐車場に停めるのはいまも不安なので、開店時間の到着を目指す。空いていてスムーズに駐車できた。今週は夫の誕生日もあるので、ワインや生ハム、ちょっといいソーセージなんかも買う。すると、お会計は9000円で、いつも買い物というのは思った金額の2、3割増しくらいになっている。みんなそうなのだろうか。わたしの買い物が下手なのか。別に余計なもの買ってないのになぁと思って勝手にムッとしてしまう。誰かとのおしゃべりでこういうことを訊いてみたいのだけど、もちろんおしゃべりしているときにはこんな卑近な話題は浮かんでこない。

帰り道の歩道に1本ある桜はほぼ満開で、満開の桜の枝にみっしりと花がついている。天ぷらの衣みたいだ。そこをバスがひとをたくさん乗せて重たげに走って、まごうことなき春なのだった。春は、バスがゆっくり走る。そう、ゆっくりバスが走るのが春。ちょっと傾きながら、眠たげにカーブする。春のその風景を、わたしはとても好ましいと思う。どうもこう、気分で生きている、みたいなところがあって、さっきだって、スーパーで買い物するひとたちを見るだけで泣きそうになる。みんな食べ物を、生活のあれこれを選んで、どれでもいいわけじゃなくて、ここちよい生活のために選択している、そのしたたかさが尊いと思う。

帰ってきて、夫が子どもを外に連れ出してくれたので、編集を買って出てくれた長谷川さんに待ってもらっていたネプリ用の短歌10

首を直して無事提出した。

昼はインスタントじゃないラーメン。もやしとひき肉を炒めたのを乗せて、これで十分おいしい。子どももよく食べていた。食後、リビングで「おさるのジョージ」を見ながら、明日の出勤のことが頭にある。結局新年度は何コマなのか、学年、科目は何なのか。非常勤には4月の辞令公布まで知らされない。1年間どこの何を担当するか、ってそのくらい3月中にせめて決まったときに教えてくれないものだろうか。私立なのでギリギリ3月下旬に入学者数が決まるまではなんとも言えない、というのは分かるけれど、でも中1なのか高3なのかで、全然気持ちが違う。あと、言わせてもらうなら（誰に……？）非常勤は健康診断が受けられないのも不満。給料から引いてもらっていいから（それもおかしいが）受けさせてほしい、と思っていていつか言いたいが、その機会はなかなかない。明日にならなければすべては分からない、このモヤモヤ不安な気持ちを夫に話すが、さらっと一般論に回収されて不満。また、所属する「かばん」が会費未納で自動退会になってしまったこともショック。怠慢すぎて落ち込む。再入会することができるのか、メールで問い合わせる。できなかったらどうしよう。新年度のコマ数と科目、自動退会のこと、考えても仕方ないのだけど、考えても仕方ないことを考えしまうとき、つまり不安に支配されているときこそ「自分である」感じがする。ネガティヴにいきいきしている、というか。不安が嫌な癖に、つねに不安がりたがっている。なんなのだろう。

午後、夫が出勤するタイミングで子どもを

寝かせ、しばらく横で川上未映子『黄色い家』を読む。長編小説は久しぶりだけど、読みやすいのでどんどん読んでしまう。どんどん読めてしまう本は、どうしても消費してしまっている感覚になって、いいのかな、と思う。思いながら結局どんどん読み進める。

夜はオムライス、と並行して明日食べるカレーも作る。『いたわりごはん』(長谷川あかり)に載っていた出汁カレーというもの。和風のシャバシャバしたルーに、紫蘇やネギ、しば漬けなんかをトッピングして食べるらしい。明日が楽しみだ。

子どもを寝かしつけた布団のなかで、坂本龍一が亡くなったことを知る。哀悼のツイートのなかにあった「自分が死んでもだれも悲しんでくれないのだろう」というつぶやきが目に留まった。このまま寝てしまおうかと思ったけれど起き上がって、ひとり暗いままの食卓で、愛知に住む友人がくれたうなぎパイV.S.O.P. 最後の一枚を惜しみながら食べる。甘いものはそんなに得意ではないが、これは、ベストオブ土産菓子なのではないか。そのくらい美味しい。通販で買おうかな、と思うも自分で買うには高価に思えて、食べてしまったパイの袋をしばし見つめる。

ずっと一緒にいると決めてもいいのだろうか大型トラックのんびり走る

4/5(水)

子どもが夜中3時頃に覚醒してそこから全員寝つけずイライラ。やっと寝入ろうかというところで、子どもがお腹に抱えていた消防車のサイレンが高らかに鳴って起こされる。

取り上げると案の定泣く。がそのうちに寝た。ここずっと、夜通し眠り続けることができておらず、それは一緒に寝ている夫もそうで、睡眠不足はそのまま体調に反映されるので困ったものだ。子どもが夜中に起きずに朝を迎えられるようになるのはいったいいつなのか。うちはひとりだけど、ふたりとか3人いたらどうなるのだろう、と勝手に想像して途方に暮れる。誰にも眠りを妨げられなかった、あの実家の自室のシングルベッドの悠々自適な日々を遠い目で想起する。アンタ、5年後はそんな好きなように眠れなくなるよ、と枕元で耳打ちする。布団を鼻のあたりまで深く被ってぐっすり眠るわたしに、その声は当然届かない。こうふくそうな、何も考えのなさそうなその寝顔も、当時はそれでいて、それなりに切実な悩みがあった。回顧すればそれはおしなべて月並みな、という認識になってしまうことを思う。眠れない頭で。

起きると食卓の中央に昨日子どもと一緒に作ったクッキーがあり、ハートのクッキーの一枚ずつに「パパすき」とチョコペンで書いたもの（子どもから、というていでわたしが書いた）。昨日誕生日だった夫へプレゼントしたもので、子どもと型を抜いて、初めて一緒にお菓子作りをした。クッキーなんて10年ぶりくらいに作ったけれど、これが図らずもとても美味しくできて、とにかくさくさく。多少まずくても子どもから、ということなら喜んでもらえるだろうと出来は気にかけなかったが、美味しくてつい手が伸びる。きっと夫が写真を撮ったのだろう、とインスタを見るとやっぱり投稿していた。いつも数人のいいね、がついているが大学時代夫と仲のよかった女友達からのいいねもやはりついており、夫は彼女に見てもらいたくてこうして最近よく更新するのではないか、とわたしは踏んでいるが、そのことを咎《とが》めるつもりはない。ふん、そうかい。こういうふうに自分のなかで気持ちを静かに処理できるようになったのは最近で、ずいぶん成長したものだ。と、子どもと夫を送り出したひとりの食卓で茶をすする。

僕のマリさんが送ってくれた日記集『清潔な寝床』を読み終え、『書きたい生活』には書かれなかった体調のことなど、同時期の日記で内容を峻別《しゅんべつ》しているんだ、と驚く。マリさんとはＬＩＮＥでゆるやかにやりとりしているが、いつか飲みに行くのが夢でもある。きっともっと仲良くなれる、と勝手に思い込んでいる。途中まで読んでいた『フェアな関係』（兼桝綾）も読み終える。短編のなかに文学を志す主人公がいたが、身に覚えがあってそわそわした。しかもその作品についての感想で「一番嫌いなタイプの人間」と書かれたツイートを見て、自分のことを言われたようでひえーと思う。いい小説を読むと、ますます小説のハードルは上がる。いつか自分も小説を書くことがあるだろうか、とぼんやり思いはするが、それ以上の想像はできない。昨日図書館で読んだ『ダヴィンチ』の最新号川上未映子特集で、海猫沢めろんが「才能なんてないよ。１２０％努力！」とかつて彼女が言っていたことを回顧していたが、そう言い切れるのってすごいよなぁ。

昼は思い立ってうどん。家であたたかいうどんを食べるのは風邪をひいたときくらいで、昨夜のワインが残っているからか、なんとなく食べたくなった。家でうどんを作ると必ず思い出す「できたての一人前の煮うどんを鍋から食べるかっこいいから」（平岡直子）という この歌、けれど皿に移してわたしは食べる。煮込む際、アレクサにタイマー4分かけて、と指示するも「すみません、うまくいきませんでした。あとでもう一度試してみてください」と2度弾《はじ》かれた。

この春一緒に有馬温泉に行った友人が旅行のことをブログに書いていた。お互い子連れの旅行で、その日を子どもが熱など出さずに無事迎えることができるかヒヤヒヤしたが、彼女は親が普段と違った素振りを見せると子どもが興奮して熱を出しかねない、と本気で恐れていたらしく、とにかく能面のように過ごした、とあって笑った。「ものを書くってすごい」と言われるたびに、わたしは相手に書くことをむしろ勧めるのだけど、彼女はそうしてほんとうにブログを始めて、それがめっぽう面白い。どんどん書き手の仲間が増えていくといいなと思う。って書くと偉そうな感じだよな。

雨は午後も止まず、風の音もおおきく、ずっと窓を鳴らしている。ヒューヒューというのかごうごうというのか、とにかくその風の音の形容しがたさ。オノマトペが不得手という自覚がはっきりとあり、文章も短歌も、的確な、あたらしい、自分だけのオノマトペを表現することができない。たぶん、耳が悪い、というか書くときに耳はあまりはたらいていない。どちらかというと視覚優位なんだろうと思う。見たものをありありと書きたい気持ち、というか欲がつねにある。

雨の日は歩いてお迎えに行く。持参したカッパは着ないと言うのであっちこっち水溜まりを目指してちょろちょろする子どもに傘をかざして追いかけて、普段は自転車で5分の距離を、雨のなか30分かけて帰った。夜、炊き込みご飯を炊くが、欲張って具沢山にしたからか、炊き上がった米に芯があってショック。料理は、上手く作れるものしか作っていないというのもあるが、こうやってたまに失敗するとまともにショックを受ける。が、レンジでチンすればよい、とネットで見てあっさり解決した。

4/7（金）

自信がない。ぜんぜん自信がなくてしょぼくれてしまう。いつもあるのにいまはない、のではなくいつもない。それがさらに、ない。なのに、「いいぞ、もっとやれ」と思うときもまれにある。ちぐはぐだ。とにかく読んで、そして書きつづけることでしか自信は生まれないのだとは思いつつ。

今朝にはすっかり晴れていると踏んだが、朝もどんより曇っている。お客さんが来る日は晴れてほしいのに、洗濯もできないまま気持ちも塞《ふさ》いで気づけば昼。目の前の原稿をちまちま直しながら、これからも書きつづけるのか、書いていけるのかと考えると途方もない気持ちになる。それでまた目の前の文章に目を落とす。つまらないのではないか。全然だめなのではないか。褒めてもらえないと前に進めないくらいならとっくにだめになっているはずで、ほんとうにはちゃんと、自分を信じてやってきた。全然だめなんかじゃない、と思いたい。でもわからない。誰がわたしの書くものなど求めているというのだろう。卑屈さはどんどん膨らんでいく。本を出させてもらって、そしてこうやっていま書いている この日記だって本になるはずで、それで。それでどうだっていうのか。どうなったらしあわせである、というのではなく、いまこうして誰かに読まれる想定で「書いている」ことがこうふくなのだと思っている。いつまでこうふくなままいられるだろう。書きたいことなんてもうずっと、いやはじめからそんなものはなく、言いたいことなんてもっとなく、だからこそわたしは書いているのだと思う。言いたいことがあれば言えばいい。ないから書く。ないことを書いている。

百万年書房北尾さんからの返信。やはり次の締切も2週間後で、とのこと。無理なら言ってください、とあるがまだ新学期の授業も始まっていないのでやれるだろう。メールの最後に「大森さんに、担当編集の私もまだ行ったことないのに認めん!ずるい!許さん!と机をごんごん叩いて泣きじゃくっていた、とお伝えください」とあった。そう、今日は三鷹UNITÉの店主、大森皓太さんがうちにやって来る。

保育園お迎え後、駅に大森さんを迎えに行く。今回の旅の目的がうちに来ること、であるらしく、こんな何もない地方にわざわざ来てくれるなんて……最高のもてなしをしなければ、と思うけれど美味しいものをふるまうことくらいしか思い浮かばない。晴れでも長靴を履きたい子どもの手を引いて、長靴はまだおおきいから歩くたびにかぽかぽ音がする。時間をかけて駅に着いて、ちょうど電車も到着し、大森さんが跨線橋を渡ってこちらに来る。歌人の大森さんが来たときも思ったけれど、普段会わないひとと地元をこうして並んで歩いていると信じられないような、とても不思議な気持ちになる。自分の結婚式でも同じようなことを思い、小学生の頃からの友人と、大学のサークルの友人と親戚がひととところに集まってこちらに向かって手を振ったり、笑顔を向けてくれる。そういうのって、ほとんど夢のようだ。

　家に着いて早々、お風呂が沸いてるのでぜひ、と入浴を勧め、「あ、じゃあすみません」と入ってくれたものの、戸惑いの表情いっぱいであった。しかも入ってすぐのタイミングで夫が帰宅し、それならあとほんのすこし待つんだった……その後湯上がりほかほかの大森さんと夫が挨拶を交わす、不思議な光景を眺めることになるのだった。夫は歌人の大森静佳さんと呼び分けるために、と言ってUNITÉの大森さんのことを先日から「ユニ森さん」と勝手に呼んでおり、そのことを恐る恐る訊ねると、全然どうぞ、とやさしく返してくれたのでほっとする。でもなんだよユニ森って……。鮮魚店で頼んだ刺し盛りをつつきながら、ゆっくり日本酒を飲み、宴は午前2時半までつづいた（夫は先に眠ってしまった）。

　わたしはもうその頃にはすっかり酔って、2リットルのアクエリアスをがぶがぶ飲みながら、すると大森さんに「愛ってなんだと思いますか」と訊かれ、予想もしない問いにちょっと狼狽《うろた》える。つい「おでんくんみたいな質問ですね」とかわしてしまうが、愛とは。うーん、たとえば相手のちょっとした素振りや独り言に「なに？　どうしたの？」と反応したりすることなんじゃないか。スルーできることをけれどそうしない、相手の変化や機微を知ろうとする、関心をそうやって持ち合うこと、それをつづけていこうとすることなんじゃないか。そんなことを、もそもそと歯切れ悪く答えたのだった。何かこれまでに納得した答えはあったんですか？　と訊ねると、「長いこと、ですかね」とのこと。1回きりでない、という意味で教育についてそれと同じことをよく思うのだが、でも愛と教育はそんな近接するものなのか、どうなのか。

7年アプローチしつづけて、あるひとと最近往復書簡を始めた、という話を聞きながら、なんとなく、これはわたしたちがあたらしくその往復書簡を始める、始めませんか？　という流れになるのだろうか、そういう緊張感がふっとあらわれては消え、もしも往復書簡なんて始めてしまったら、とても親密になってしまうのではないか、と勝手にそわそわする。大森さんは「梅酒をアクエリアスで割ると美味しい！」と最後まで底なしだった。

4／12（水）

新学期を迎え、授業開き（プール開きみたいだ）2日目。初回は自己紹介で終わらせたが、今日は実力テストを返して、「今、ここで」をやった。毎年やっている「今、ここで思っていることを自由に書く」というもの。毎回授業の感想を書いてもらう「大福帳」（リアクションペーパーのようなもの）に「最近あったことを書いて」と言って、それを授業の冒頭でいくつか読み上げたので、「今、ここで」もこの延長にあると思って書いてみて、と説明する。誰かを誹謗《ひぼう》するのでなければ、何を書いてもいい。名前は書かなくていい。初めて担当する学年だけれど、彼らは日常の把握、その摑《つか》み方の力加減が上手い。こんなふうに生活の機微を捉えられるんだ、と感心する。授業後、女子2人に「先生いくつ？」と訊かれ「33。平成元年生まれ」と返すと「うちらは平成20年」とドヤられた。なんだ、同じ平成生まれじゃないか。でもそうか、20も違うんだな、と後から思う。教師になりたての頃は歳の差なんて7つとかだった。どんどん差はひらいて、いつの間にか若さで彼らに寄り添うことが難しくなっている。みんなは推しがいるんでしょ？　とか訊いてしまう。でも頷いてくれるから、みんな推しがいるらしい。わたしにはいない。この前ユニ森さんとも話したけれど、「推し」は「推し変」したりするなど、ともすると消費の側面があって、愛することとは違う、と頷き合ったのだった。

職員室で、担当クラスの担任から「先生、なんか生徒にめっちゃ人気ですよ」と言われる。はあ、なんかすみません。学年通信にうんたらかんたらしますからー！　と言われたが、聞き取れなかった。何か自分のことが書かれるのだろうか。というか、初回の授業でそのように「ジャッジ」されていることを改めて知る。彼らは教師をジャッジする。やむなし、と思いながら内閣のように支持率は乱高下するのだから、あまり知りたくない。

修理に出していた自転車を引き取りに行く。この3日間、代車として貸してもらっていた電動自転車が素晴らしい乗り心地で、正直自分の自転車なんてもうどうでもいい。返したくない。だって全然息切れせず、どこまでも摩擦ゼロのつるつるの床を滑るみたいに、滑らかに進んでゆく。電動自転車を初めに思いついたひと、および開発に携わったすべてのかたがた、ちょっと前に出てきてほしい。感謝の印として割れんばかりの拍手を送りたい。でもお高いのでしょう。だってわたしの自転車は2万円。外れたチェーンは元通り、油も差してくれたようでキコキコ言わなくなった。けれど魔法はとけて、ぼこぼこの摩擦だらけの地面に戻ってしまった。

4／19（水）

無事、熱は下がったがその名残《なご》りなのか、身体がだるい。しかもまだまだ息苦しく、ほとんど肩で息をするから肩や背中の凝りがひどい。でも今日は仕事がある。このくらいでは休まないよな、という基準がコロナで一度は下がった気がしていたが、近ごろまた戻ったように思う。身体はだるいが熱はないなら仕事には行く。ほんとうは休んでいたほうが回復だって早いはず、という気持ちに蓋をしてマスクを着けて、そうやってみんな仕事に出かけているのだろうか。昨日、どうしても行かない！ と泣いて保育園を休んだ子どもは夫が上手くおだてて送り出し、今日は泣かずに行けたというLINEが来ていた。

1日たった2コマだが、病みあがりにはこたえて、最初の授業で体力を使い果たしてしまった。ふたつ目のクラスでは早々、わたしは今日体調が芳《かんば》しくなく、大変申し訳ないが授業をふだんの7割の力でやらせていただく、と宣言した。生徒はぽかんとしている。思うに、家族なんかに対しても自分の感情で振りまわしてしまいそうなときにはちゃんと「自分はいまイライラしてる」と宣言することはけっこう大事なのではないか。子どもに対してもそうで、親の機嫌をうかがうようなことはさせるべきではない。だからその前に言う。それができているかはべつとして、でもそうつよく思う。

　結果、さきほどのクラスでやった内容の半分も進まず、けれど板書《ばんしょ》も説明も、より丁寧にできたようにも思う。毎度このくらいのペースでもいいのかもしれない。疲れたり、微妙に時間が余ったりしたときには、いつも無理に先には進まず、雑談したりゲームをしたりする。今日も、じゃあやりますか、と「いま、何を想像しているでしょうかゲーム」という、出題者のあたまに思い描かれたモノの名前を、はい・いいえで答えて当てるシンプルな遊びをした。中学生でも高校生でも案外盛り上がる。わたしもかつて友だちとやって楽しかった記憶がある、というかあのだらだらした感じ、その場の空気感の方をよく覚えている。

　教科会議であたらしい学習アプリの使い方を習うが、どのように授業に組み込むか、なかなか難しそうだった。会議後、ある先生が「さっき電子黒板に映ってたパソコンの背景に手書きの文字があったじゃない、あれ共喰って書いてあるのかと思って。わたし疲れてるのかなぁ」と言って、それにみんな少し笑ったのだった。間違いでなければ映し出された共有画面にあったのは「共創」だった。

　職員室の向かいの席で「今日はね、わたしの失恋について話したのよ、昔のね」と家庭科の教員同士が話している。思わず顔をそちらに向けると、「ただの雑談じゃないわよ。家庭科の単元」と言うので、「ライフコースとかそういう話ですか?」と訊いた。もうひとりが「難しいわよね。ジェンダーとか言うじゃない、いまは」と相槌を打っていて、「ジェンダーとか」という把握でそもそも大丈夫なのだろうか、と勝手に不安になった。

帰り道、平らな道でも自転車を漕ぐのがしんどく、とにかく息苦しい。へとへとになって帰宅し、喘息症状に使う吸入薬もなぜか全然効かない。改めて説明書を読むと「成人は2回吸入」とあるので、これまで半分の用量を使ってきたのだといまさら気づく。ちょっと躊躇《ためら》いつつ、2度プッシュすると少し楽になった。夫に子どものお迎えを頼んで横になっていると、しばらくしてアパートの下から楽しそうな子どもの声が聞こえてきた。うちの子どもの声だな、と当たり前かもしれないがそう分かることがふしぎだ。

夜、北尾さんから今度出る『飛ぶ教室』の穂村弘さんの書評のPDFが送られてきた。今月はこれを楽しみに生きていたが、書評はあっけないくらい短く、というかほとんど一言であった。けれどあのほむほむにわたしの書くものが「詩」であると言ってもらえるなんて、それを大学生の頃の自分が聞けばまったく信じないであろう。と、よく目にするこういう言いぶりさえ許したくなるような、浮かれた気持ちになる。

今度の選挙の市議会議員候補リストが今朝の新聞に挟まれており、改めて夫と眺める。自治会関係でお世話になっていたこともあって、4年前ここに越してきてすぐの市議会選で投票したひとは、今回自民推薦と掲げている。夫によるとその候補はぎりぎり当落線上らしく、うちらの一票けっこう大事かも、とのことだった。でも今回は政策を推せるほかの女性候補に入れると決めている。

スープストックトーキョーが後期離乳食の無料提供を全店で始めるというツイートに対して、いままでゆっくりできたのに子連れが来るならもう行かない、といった旨の引用RTなどが散見され、トレンド入りしていた。批判しているどのツイートにも「子連れ様」という煽り言葉が使われており、妊婦もそうであるが、子連れや妊婦はこうして攻撃の対象になることがままある。子連れであれば店に長く居座ることなどそもそもできないし、子育てを応援してくれる店があるのだ、という気持ちだけで行かなくとも（少なくとも山口にはかなしいかな、スープストックがない）励まされる気になるのだけれど、そういう配慮によってむしろ自分の居場所を取り上げられるような気持ちになるひともいる、ということを思う。他人ばかりが得するように思うこと、つまり、自分が損するように思えること、そういうものへの、ときに過剰な反応はいったいなんなのだろう。なんだか寂しいことだな、と思う。眠るまで、布団のなかで『死ぬまで生きる日記』（土門蘭）を読む。

4／24（月）

今朝の夫、着ていく服が決まらず着替えてはなんだかんだと文句を垂れてはまた着替え、しばってまとめた生ゴミが臭いとわめき、もうマジで無理！　まだ1日始まってないのにもう終わった！　さいあく！　と捨て台詞を吐きながら出て行った。反抗期かよ、と思う。でも、たとえばいま2歳の子どもだって10年するとこんな感じなのかもしれない。そのとき自分はどんなふうにそれを受け止めるだろう。ちゃんとコミュニケーション、取れるだろうか。反抗期も気になるが、それよりなんといっても頭を抱えるのはいまこのイヤイヤ期である。着替え、保湿、朝ごはん、とにかくすべてに反抗するなか、今朝もギャン泣きのまま保育園に行かせる。と書いてギャン泣き、やっぱり違和感がある。ネントレ、トイトレなど育児特有の語彙？　というか略語がずっと馴染まずほぼ使わずにいるが、ギャン泣きも同じかもしれず、どんなに「ギャン泣き」状態であってもそう表現するのは避けてきた。でも目の前でめちゃくちゃ泣き喚く、これはしんじつギャン泣きでしかない。「ほーくえんいかないの、おばけいるの、いかないの、おうちいるのォォ」とほとんど絶叫しながらせいいっぱい「行かない理由」をなんとか挙げようとしている。おばけって何かの比喩なのか。結局ズボンは履かせられず、びちびちの鮮魚状態で自転車にも乗せられず、パンツのまま抱っこして時間をかけて徒歩で送り届ける。同じクラスの子も泣いてやって来たらしいから、うちだけではないと知れてちょっとほっとする。明確に保育園で嫌なことがある、とかではなくただそういう時期なのであればそこまで心配することはないのかもしれないが、やはり心苦しい。

「わからなくても近くにいてよ」連載一回目が公開になる。反応はあるだろうか、と思いつつちょっとそわそわする。と、ここまででメモは途切れていて、日記として残すぞ、書くぞと思った日のことはなるべくその日の夜までをつぶさに書き取る気でいるけれど、メモにしなければ食べたものも話したこともすべて忘れて、まあでもそういう日もある。お迎えに行った際に先生から「お母さんが帰った後はね、もうぜーんぜん平気だったよ、一日楽しそうに過ごしてましたよ。だから泣いても気にしないで連れてきちゃって！」と言われ、その言葉がすごくありがたかった。

名づけられない

相手のかんがえていることがわからない、と思うときに浮かんでくるのはやはりかつての恋愛のさまざまな場面のことで、これまでの、ほとんど一方的な恋愛において、「自意識過剰」がわたしのすべてであったように思う。

みんなたいがいそんなもんである、と承知しつつも、とにかくかつてのわたしときたら、些細なことですぐに誰かを好きになったし、またそれと同じだけ、誰かはわたしのことを好きなのではないか、と即座に勘繰った。そしてそのすべては勘違いであった。ほんとうにわたしはとんだ勘違い野郎で、そのひとつでも取り出して思い出すことは恥ずかしい。

べつに恋愛でなくてぜんぜんよかったのだと思う。

むろん、恋愛を否定するわけではない。でもやっぱり恋愛じゃなくてもぜんぜんよかった。それはいま思えば、であって当時はともかくどうしても「恋愛でないとだめ」なのだった。

なぜ、自分の恋愛対象が男性であるのか。あるいは自分の性別についても同様に、つまりシスジェンダーかつヘテロセクシャルであることになんの疑いも持たないまま、わたしは思春期に突入した。

自分の指向も自認も、あるいは恋愛というものがその実どういうものであるのか、知ろうともしないままわたしはあまりに素直で愚かだった。小学生の頃に読み始めた『ちゃお』や『りぼん』などの少女漫画には、「男の子に恋をしている女の子」しか描かれなかった。すべての少女漫画、恋愛ソング、思春期に摂取したそれらはわたしに恋をさせるのに必要にして充分であり、「恋したい」というより「恋しなくては」という半ば強迫的に、恋愛への意欲は否応にも高まるのだった。

どうなればそのひとを好きだと言えるのか、あるいはそれが恋愛かそうでないかの弁別などわたしには不可能であった。だからむしろ、誰のこともすぐ好きになれた。

たとえば高校で同じクラスだった野球部のNくん。彼は必ず挨拶の際にわたしの名前を呼んでくれた。「ほりちゃんおはよう」「ほりちゃんバイバイ」といったように。わたしは浮かれた。呼ばれるたびに（うおお……！）と心中で沸き立った。けれど、もちろんそれはわたしに対してだけではない。後から気づけば彼はクラスのみんなに同じように接していた。でも、仕方ない。もう気づけば彼のことが好きだった。

あるいは中学生のおおかたは、背中から湯気を出すAくんのことが好きだった。

中学一年の冬のこと。校庭でサッカーをして汗をかいたままストーブのそばにやって来たAくんのセーターからなにやら煙が出ているではないか。たまたま近くに居合わせて焦ったが、なんのことはない、蒸発した汗が湯気となって、もうもうと立ち昇ったのだった。おい、お前湯気出てんぞ！　と男子が騒ぎ、周りがギャハハと笑っていた。

その後、気づけばAくんから目が離せなくなったのだった。は？　と突っ込みたくなる。彼は同学年の女子と付き合ったりはせず、ひたすらＢｏＡの追っかけをしていた。当然、わたしは髪を伸ばし、ＢｏＡの曲を狂ったように聴いていたが、話しかける、とかメールアドレスを訊く、というような働きかけはせず、だから当然、見向きもされなかった。

枚挙《まいきょ》に暇《いとま》がない。かんたんなことである。ご覧の通り、わたしはちょっとしたことですぐに誰かを好きになった。名前を呼んでくれる、ならまだしも湯気を出すだけで（?）好きになられちゃ向こうも困惑するだろう。きっかけなど、なんでもよかったのだ。そして一度好きになったらお手上げだった。こちらから思いを告《つ》げない限り、その恋に終末はない。いま思えばそれらは恋愛ですらなく、だって相手のことをわたしはまったく知ろうとしなかった。自分を知ってもらおうともしなかった。恋に恋する、とはよく言ったものだと感心するほどに、わたしは誰かに恋愛している自分が何よりも大事だったのだと思う。そういうことを、飽きずに繰り返していた。

次第にただの片思いでは満足できず、恋愛は成就してこそではないか、と思うようになり、大学に入ると友人に紹介を頼んだりもした。連絡を取り合って実際に会うものの、なかなかすぐに上手くはいかない。そんななかで珍しく意気投合したひととは一年ほど付き合った。でも結局、あっさりふられてしまった。わたしは好きだったから、なんで？と思った。一度好きになったひとを好きでなくなることなど、わたしには信じられなかった。片思いならまだしも、こうしてせっかく付き合えたのに。一度付き合い始めたら、そうそう別れることなどないと信じ切っていた。だから「きみとの恋愛よりも大切なことがいまはある」というようなことを告げられてわたしは混乱した。というかいままで、恋愛において自分がどうしたいか、なんて主体性はゼロだった。ただ好きでいてくれることしかかんがえていなかったから、ひとりになるとかなしくて、とても疲れた。

そんなふうにふられてからはなんとか日々をやり過ごしながら、やっぱり依然として、わたしはかんたんに恋に落ちた。だから夫を好きになったのも、自然ないきさつだったと言える。

大学の哲学科のひとつ先輩だった夫は、とにかく愛想がよかった。哲学科のフロアで会えば向こうからにこやかに挨拶をし、「ほりさん、今度飲みましょうよ」と言うのだった。でもそれは、やはりわたしに対してだけではなかった。と、それもやはり後から気づいてみればの話。そこは依然勘違い野郎のわたしである。そうか、わたしと飲みたいのか（思えば別にふたりで、とは言われていない）。そう合点して早速話をつけ、ふたりで飲んだことがきっかけでわたしたちはその後付き合い始めることになる。こんなにあっさり恋が実るものだとは思わなかった。

たまたま、その日都内には珍しく雪が降っていた。「雪、けっこう降ってるけど今日どうしますか、決行しますか？」「しましょう、飲みましょう」というメールのやりとりをしたこと（どちらからメールを送ったのだったか、残念ながら覚えていない）、居酒屋を出てから静かに雪の降る四谷を並んで歩いたこと。シチュエーションがふたりの関係を後押ししたのかもしれない、などと後づけのように思ったりもする。もしもその日雪で電車が止まっていれば会うことはなく、わたしとて「絶対にこの人と付き合いたい」という情熱まではなかったから、そのまま話は流れてしまったかもしれない。そのくらいの、偶然や成り行きの結果始まった関係であった。

そういうわけでそれは珍しく、わたしの勘違いがたまたま実を結んだ例であるが、これまでろくに相手を知ろうとしなかったわたしは、ほとんど初めて相手にぶつかって、ぼろぼろになる。傷つけ、傷つけられ、その後何度となない危機を経て、気づけば12年、こうして夫とともに過ごしている。

めでたしめでたし。とは思っていない。むしろ、これでよかったのかな、と思う。好きになって、結婚した。でももしかしたら全部気のせいだったのかもしれない。好き（だと思っていただけ）で、（みんながしているから当然の帰結として）結婚した、と表現するのがほんとうには正しいのではないか。そしてそれはきっと、夫でなく、誰とそうなったとしても同じことなのだった。好きと思い込んで、これが恋愛なんだとお互いがそう思い込んで、その先にある結婚を目標に、わたしたちは辛抱強く付き合いつづけた。

そのように、恋愛したひとと結婚して子どもをもうける、そして生涯添い遂げるという、いわゆる「ロマンティックラブ」をわたしは遂行しつつある。まさにそのど真ん中に、いまも立っている。みんながしているように恋愛して、そのひとと結婚して、そのひととの子どもを産んだ。

でも、それは言うならばひとつのイデオロギーである。たとえば肉を食べることが一般的な食生活であると思い込むように、それとて他方を菜食主義者と呼ぶなら食肉も食肉主義者と呼ぶべきはずである。誰かが恋愛の末結婚して子をもうけても、ロマンティックラブ・イデオロギー！　なんていちいち言わないのは、それを無意識に選択するひとが多いから、というだけでしかほんとのところはないはずなのに。

自分の思春期の頃よりも、恋愛ムードはいまはそこまで濃くないのかと思いきや、どうやらそうでもないらしい。授業で生徒たちに毎週書いてもらう「今、ここで」というそれぞれの近況やつぶやきには、毎度必ず「彼氏がほしい」「推しにリアコ寸前」「うそ告された」など恋愛の話題にこと欠かない。「リアコ」とは、「(ここでは推しに)リアルに恋すること」らしい。「うそ告」とはおそらく、「うその告白」のことだろう。そんなひとのこころを踏み躙《にじ》るような遊びが中高生の間でなされているのか、と驚く。自分がされたら立ち直れる気がしない。とにかく、「恋愛せよ」というムードはいまも色濃くあるのだという。ことを学校現場にいて、日々実感する。あるいは高専に勤める夫が実践している哲学対話でも、学生たちが進んで選ぶテーマは(主に異性愛の)恋愛で、「恋人がいるのに他の異性と連絡を取ってもいい？」「結婚するならどんな人？」という問いに票が集まるのだという。やはり根強い。

いっぽうで、「今、ここで」に寄せられる声には少数ながら、こんなものもある。「まわりはみんな彼氏欲しい、恋したいってそればっかりで、自分には正直その感じがよく分からない。好きってそもそも何？　それってそんなにいいこと？」そのように率直に感じることを、ねじ伏せるようなことがないといいなと思う。そう思うことはぜんぜん変じゃないよ。誰かを好きになってもいいけど、ならなくてもいいんだよ。と、生徒たちに話すこともある。けれど彼らはきょとんとしているように見える。

だからこそ、そのようにして「恋愛じゃないといけない」というかつてのわたしの頑なな見識がダメにしてしまった尊い関係のことを、たまに思い出すのだった。ぜんぜん、恋愛じゃなくてよかった。そのひとのことを、大切に思う気持ちをすべて恋愛か否かでジャッジしていた頃の自分をとても愚かだと思う。愚かなまま、わたしはどうしてもそれを捨てることができなかった。そのことを、いまもずっと苦々しく、もったいないことだと思いつづけている。

尊い関係性は、恋愛なんて自らカテゴライズする必要などなく、それ自体がすでに尊いのである。恋人、友人、と属性で指すよりも「○○さん」と「わたし」という、本来それは一個の関係である。この「○○」に当てはまる誰かの名前を書くことももったいないような、誰にも黙っておきたい大切な思い出がある。あったりする。とても昔のことで、夫にだって話していない。

当時のわたしはやっぱりそれを恋愛と呼びたくてたまらず、けれどそのひとは押しとどめてくれた。それでもわたしは食い下がって、「じゃあ一瞬でも、わたしのこといいなって思ったことはある？」と訊いた。「うん、あるよ」と答えてくれたことにすっかり舞い上がって、それ以上を望もうとはしなかった。いま思えばそれはやさしい嘘だったのかもしれない。でも、その関係が恋愛に発展するかしないか云々ではなく、そう、「友人以上恋人未満」みたいなつまらない謂《い》いに収めることなどもったいない、ただ話して、一緒にいられるだけでうれしい。もし離れても元気でいてほしい、そうただ願いたくなるような、それはいっときのあなたとわたし、という一個の、すてきな関係だったのだと、わたしはいまも勝手に思っている。

だから、終わってしまってもほんとうはいいのだと思う。そのときだって、その関係をちゃんと名づけなかったから終わってしまった。でも、元来そういうものなのではないか。恋人、夫、と名づけることで強固にする、線を引いて独占することで安心する、そういう関係しか築くことができない自分のことを、ほんとうにはとてもさびしいと思う。それがいけないと言いたいわけではない。でもわたしはこれでよかったのだろうか。そうではない道をわたしは果たして選ぶことができただろうか。たったひとりとの結びつきをどこまでも信じつづけることに、なぜここまで盲従できるのだろう。夫と離れたいわけでも、関心がなくなったわけでもない。むしろ一緒に過ごせば過ごすほど、離れがたくなる。慕わしさも親しみも、臨界点を超えるほどに、わたしたちはこのまま、いったいどこまでゆくのだろう。いつまで一緒にいるのだろう。家族という枠で、夫婦という繫《つな》がりで。離れろ、だなんて誰にも言われないはずなのに、そんなことをふとかんがえる。

わかりやすくつづいてゆくことだけがうつくしいのではない。知らぬ間に粉々に砕《くだ》け散《ち》ってしまった、名づけようもないあなたとの関係のことをいつか忘れてしまう代わりに、わたしはこの「いま」を手に入れたのだとしたら。でもそれだってほんとうは、いつでも叩き割ることができるはずだ。ただそんなことをしようなどと、いまは思わないだけで。

全部わたしが決めていい

相手に向けるその特別な感情は、恋愛じゃなくても全然よかったのだ、とわたしは前回そう書いた。「恋愛」と名指さなくとも特別で、とびきり大切なあなたとの関係がいっときたしかにあった。そのときだってそのことを、ほんとうにはわかっていたのではないか。でも知らぬふりをした。なぜあんなにも恋愛することに拘泥《こうでい》していたのか。恋愛の、わたしはいったい何にこだわっていたのか。そんなことをおりおり、かんがえる。

前回も書いたとおり、大学の友人の紹介で初めて付き合ったひととは1年ちょっとつづいたが、あっさりふられてしまった。わたしは混乱した。なんで？　新年早々どん底かよ、と思った。つい一昨日、「明けましておめでとう、今年もよろしくぴょん！」ってメールしてきたじゃん（おそらく卯年《うどし》だったのだろう）。クリスマスに会ったときだって、全然変わりはなかった。わたしを見つめる目はいつものようにちゃんとやさしかった。クリスマスイブの夜、それなりにめかし込んで彼の家に行ったら「なんか急に熱出ちゃって……しかもプレゼントは昨日電車の網棚に忘れてきた、ごめん」と言われて正直えー、と思ったけれど。といってすぐに帰るのも手持無沙汰《てもちぶさた》で、ベッドに横になった恋人のそばでゆっくりおしゃべりをした。ついでに買い物に出て、雑炊を作ってあげた。部活とバイトに加え、これからは就活も始まってなかなか会えないかも、と彼は申し訳なさそうだったが、それはもちろん仕方ないしこれがふたりの試練、くらいの気分でいた。

なのにあっさりふられたのだった。1年かけてそれなりにしっかり好きになってしまっていたから落ち込んだ。けれど、いったいなんと言ってふられたのか、その理由を思い出すことはもうできない。ざわめく渋谷駅の地下改札で握手をして別れたことは覚えている。あっちはそれでうつくしく「終わらせた」のだろうけど、わたしは初めてのまともな失恋にいたく傷心した。

だいたい、一度好きになったひとのことを、「好きでなくなる」なんて、どうやったらできるというのか。わたしには皆目わからなかった。それ以前、たとえば中学や高校などで一方的に片思いしたひとのことは、会わなくなればそのうちに気持ちは落ち着いて、また生活圏内にいるほかの誰かを好きになったが、別にそれとて、そのひとを嫌いになったわけではなかった。ただ時間がそのひとへの気持ちを沈静させただけである。好きになったひとへの、気持ちの踏ん切りのつけ方がずっとわからない。でも、わたしをふった当時の恋人は「多忙」だったのか、それを言い訳にして「ほかに好きなひとができた」のか、忘れたがどんな理由であれ、もうわたしを好きではない、ときっぱり判断したのだった。そしてそれを、言いづらいだろうにわたしにちゃんと伝えたのだ。すごい。見上げた主体性である（むろん、ばかにしているつもりはない）。

つまり、これまでのそう多くない恋愛経験において、「自分」はどこにもいなかったのだな、と思う。つねに、わたしがあなたのことを好きなことは自明であった。そう、あなたのことをこの先もずっと好きでいるのは疑う余地のない「前提」であって、そんなことより相手にいかに「好きでいつづけてもらえるか」に腐心するばかりだった。着るものも選ぶ言葉も、全然自分のしたいようにはできなかった。いや、そうしなかった。自分で選んだつもりでいても、そこには「恋人に変って思われないだろうか、ちゃんと褒めてもらえるだろうか」という怯《おび》えがかならずあった。自分の意思はどこにもない。

恋愛対象であるひとからの「承認」がなにより大切だったあの頃を思うと痛々しい。そのときほんとうに好きだったのは、（わたしを好きでいてくれる）というカッコつきのあなた、だったんだよな、ということをいまのわたしは知っている。相手を好きだったことは事実だけれど、それよりも、いつだって自分が誰よりも大事で、損なわれないように、憐れまれないように取り繕うのに必死だった。いつかふられてしまう自分、なんておそろしくて想像できなかった。わたしは「好きなひと」からちゃんと愛されて、それで、だからわたしは幸せで。そんな風に、ほとんど強迫観念のようにつねに言い聞かせるようにして、わたしは長いこと恋愛の呪縛にとらわれていたのだと思う。

　これも後から思えば、の話である。なんだってこう、人生なんて後から気づくことばかりである。その渦中にいるときに、愚かなわたしは右も左も上も下も、なんにもわからない。練習練習、と思っても人生には本番しかない。なんて、別にこんな格言みたいなことが言いたいわけではないのだけれど。

　まわりはみんな恋愛していた。その一言に尽きるのかもしれない。

　わたしは、みんながしていたことを、同じように真似したかっただけなのではないか。

10代だった頃、それぞれの恋愛についての「恋バナ」を、めいめいがいくらでも語りたがった。もちろんわたしも聞きたくて、同じだけ個人的な体験を話したかったし、聞いてほしかった。

中学生の頃に仲の良かった4人で、高校生になってからもよく集まっていたある時期のことを思い出す。

地元の駅から急行に乗って二つ目で降り、大きなゲームセンターで何枚もプリクラを撮る。その後すぐそばのファーストキッチンで日が暮れるまで話し込んだ。それぞれの高校生活のこと、そして何よりお互いの恋愛事情について。土曜日なのにわざわざ制服を着て、校則では禁止されていた赤いリボンをつけて、腰にはお気に入りのベージュのカーディガンを巻いた。「いい顔」でプリクラに収まるわたしたち。ハサミでそれを一つひとつ丁寧に切り分けながら、「で、最近どうなの」と誰かが口火を切る。みんなにいま好きなひとがいて、あるいは恋人がいて、いずれにせよリアルタイムの恋愛についての切実な悩みがあった。たとえば当時、バイト先のコンビニの店長と付き合っていた友だちは、とにかく彼氏がだらしなくて、と愚痴をこぼしたが、わたしたちはしきりに「大丈夫なの⁉」と騒いだ。30歳過ぎてるとかまじでおじさんじゃん、やばいよ。でも別にそこまでギャップないよ。てかめっちゃ好きだし、優しいし。えーいやいや。むしろあんたの彼氏だって相当変じゃん。いやいやいや。そんなことを飽きずに話した。あのとき、わたしたちがしていたことはいったいなんだったのだろう。いや、恋バナなんだけど。でも、そこにはある種の承認やなぐさめがあったのではないか。

恋バナでは、自分がいかにそのひとのことを好きか、そしてそれ以上に、いかに自分は相手から愛されているか、ということがとりわけよく語られた。わたしには、当時片思いの経験しかなかったから、好意を寄せられたり、告白された経験がないことが何よりおおきなコンプレックスだった。なにをそんなこと、好きになられようがどうだろうが、自分が好きならそれでいいじゃん、といまであればそう思う。もし付き合いたいなら、相手に自分から好きって言えばいいじゃん！　と背中をバシッと叩いてやりたい。でもきっと、高校生のわたしはいじけて、「でもみんな、自分から言わなくても告白されたり、好かれたりしてる。わたしもそれがいい、みんなと同じがいい」と言うだろう。ダーっ！　と思う。脱力する。だからさあ。受け身の恋愛が正解だなんて思わないでほしい。モテることがステータスだなんて、そんなのくだらない。

でも当時はとても苦しかった。ただにこにこしているだけで好かれる女の子がうらやましかった。だから、彼氏がいる友だちを真似て、男性から好かれるような服を着たし、雑誌の「モテ女子研究」みたいな記事をぼろぼろになるまで読み込んだ。あほらしい、っていまのわたしが思えるのは、たまたま好きなひとと結婚できたからじゃん、と高校生のわたしが睨《にら》む。そう、夫との始まりだって、ほんとうを言えば当時は不満だった。勝手に見《み》初《そ》められて、告白されて、仕方ないなぁと言って付き合いたかったのに。

どちらからともなく、曖昧なまま始まって、付き合い始めてしまえば情が募って離れがたくなり、ふたりでいれば次第に「あのふたり」としてまわりから認識されることが増え、あるいはその周囲のまなざしのあたたかさにも後押しされて、なんとかここまでやってきた。ふたりきりのときには気まずくなって苦笑したり、数え切れないほど罵《のの》り合ったり、けれどやっぱり誰より大切で、そう思うからこそこうしていまも一緒にいるのだけれど。

自分の与《あず》かり知らぬところで恋愛対象である男性から「いいな」ってまなざしを向けられることが、なぜそんなに大事だったのだろう。それは、端的に言えば性的な欲望を向けられることにかわりない。その視線がそんなにも価値あるものだなんて、いまは思わない。

でも、そう「欲望」されることが、それを自らの経験値とする向きが思春期には明確にあったことを、思い返す。

けれども、うらやましさや自負と同じだけ、わたしたち女の子はそういう男性の「欲望」のまなざしに怯えていた。制服を着ていればそれだけで痴漢に遭《あ》うことが日常で、それを笑い話に変換することで成仏《じょうぶつ》させて、ただ、いつも笑顔でいることを求められて、なのに陰でブスと言われて品定めされて、許せないはずの男を好きになって、いったい全部が全部、なんだったのだろう。

高校2年のとき、文化祭の準備でクラスの何人かとベニヤ板を運んでいたとき、わたしの後ろにいた男子が急に不自然に接近し、わたしの髪を触ったことがあった。それは一瞬のことで、でも痴漢に遭ったときのような嫌悪感と、欲望されることへの戸惑いと、とにかくわけがわからなかった。ふり向くことができなかった。わたしを真正面から好きと言ってくれるひとはいなかったのに、女であることで、そうやって瞬間的に消費されることがあるのだと知った。いつもは冗談を言い合う彼のことが途端にこわくなってしまった。

好き、もそうでなくなることも、全部わたしが決めていい。そんな当たり前のことに長いこと、気づけなかった。全然、気づくことなんてできなかった。勝手に好意を寄せられて、欲望されることが正解なのだと思い込んでいた。もちろん、当時から男性の視線にしんそこうんざりしていた友だちもいたと思うが、愚かなわたしは頑なに、告白された人数はひとつのステータスなのだと信じ込んでいた。わたしもみんなと同じように男性からちやほやされたかった。ときに剝《む》き出しの欲望を向けられたかった。は？　とやっぱりいまのわたしはあきれる。あほじゃないの。ビンタの一発、喰らわせたくなる。だって。だって、なに？　だってみんな彼氏がいたり、告られたりしてる。わたしだけ、全部ない。いいんだよ。あんたが好きなひとを、あんたが好きなように好きでいればいいんだよ。好きって言ったっていいし、言わなくたっていい。やっぱり違った、って好きじゃなくなってもいい。そこに、他のひととの経験は関係ないんだよ。女だからってだけで、剝き出しの性欲を向けられていいわけじゃない。ちゃんと反発していい。反発すべきだった。わたしは、わたしの意志で誰かを好きになっても、あるいはならなくてもいいんだよ。そうまくし立ててると、制服を着たわたしはしょんぼりする。うつむいて「だって」「でも……」と言いながらカーディガンのぼろぼろの袖口を見つめている。そういえばカーディガンの袖口ってすぐにぼろぼろになったよな、と思いながらいまのわたしは黙っている。それ以上、高校生のわたしに、こちらからの言葉は届きそうにはない。

あからさまに「モテ」自慢をする女子のことが、当時はいっそ憎らしかった。それはいま思えばぐちゃぐちゃに拗《こじ》らせたルサンチマンであり、またミソジニーでもあったのだと思う。憎むべきはモテ自慢をする女子ではなく、女は選ばれるべき、という視線を浴びせてきた男性たち、いや、もっと言ってしまえばこのクソみたいな社会に他ならない。わたしたちは、わたしたち女の子は何も悪くなかった。いがみ合う、とまでいかなくともうっすらと嫌悪感を抱いたり、ちょっとしたすれ違いから疎遠になってしまったり、それで女は怖いだの女子の人間関係はドロドロしてるだの、ちゃんちゃらおかしいのだった。こんな構造に気づいていれば誰かのことを憎まずにすんだのに。


ほんとうは、恋バナじゃなくたってよかったのではないか。

だって、日暮れのファーストキッチンで、ポテトの長さを競い合うだけで笑い合って、それだけで楽しかったじゃない。いまのわたしならそう思える。いやいや。でも、あのときは恋バナこそが楽しくて、友だちの失恋話に一緒になって涙したり、励ましてなぐさめて、何よりたくさんわたしたちは笑うのだった。男なんてさあ、と豪語した翌週に、誰かがまた他の誰かのことを好きになった。わたしは、やっぱり好きになった誰のこともちゃんと知ろうとしなかったな。「誰か」に好かれることが大事だったから、それは誰でもよかった。友だちと、本気の恋バナをすることのほうが大事だったのかもしれない。違うよ、わたしはほんとうに彼氏がほしかったんだよ、と高校生のわたしは怒るだろう。でも、そんな感情も忘れてしまった。大人になった自分はこんなにも都合がいい。誰かに認められないとあなたの価値が損なわれるわけじゃない。あなたは、あなたのままでちゃんとすばらしい。みんな等しく、そうなのだ。それを、自分で認めること。いまだって難しいけれど、でもほんとうはそうなんだ。そしてそれと同じだけ、恋愛対象の誰かに認められたかったかつてのわたしのことも、ちゃんと認めてあげたい。でも、好きになられることをすべてと思わないでほしい。好きになっても、ならなくても、好きじゃなくなることも、わたしにはできた。そのことを、あのときのわたしに、ファーストキッチンで顔を寄せ合って話し込んでいたわたしたちに教えてあげたい。

当時、ちょっとあきれたように、それでもほほえましくこちらを見ている年上の女性の視線に気づくことが、ごくたまにあった。でも、何も思わなかった。わたしたちには、いま、このおしゃべりが何より大切だったから。大人の目線なんて、どうでもよかったのだ。

そして、そういう視線を跳《は》ね除《の》けるように、わたしたちはひときわおおきな声で、笑うのだった。

一度きりの

お祭りが好きで、とくに盆踊りがある祭りはなおさらいい。紅白幕の巻かれた櫓《やぐら》の上から四方へ提灯が連なって、暗くなればその一つひとつが灯って夜を照らす。馴染《なじ》みの曲もそうでないものも、音楽に合わせてそれぞれがゆらゆらと踊りながら櫓を囲む。それを遠くから眺めているだけで、満足である。

ここ山口に越してきてからも、毎年近所のものから市を跨《また》いだちょっと遠方のものまで、いろんな祭りに出かけてきた。4、5年前に訪れた柳井《やない》の金魚ちょうちん祭りでは電飾が巻かれた真っ赤な巨大金魚の神輿《みこし》を人々が高速で回転させていて、それはいかにも狂気じみて面白かったし、下関豊田《とよだ》のホタル祭りでは、祭りの喧騒を背後に、静かな川辺でホタルを観察することができた。

ついこのあいだは、夫が知人から聞いたと言って初めて長府《ちょうふ》の数方庭祭《すほうていさい》という祭りに行った。「天下の奇祭」と呼ばれるだけあって、思い出してもあれはいったいなんだったのだろう。ゆうに10m、いや20mはある竹をいかにも屈強そうな男性たちが1本ずつ担ぎ、お囃子《はやし》に合わせて櫓のまわりをぐるぐる回る。どんどんスピードアップして、2時間近くあるその本祭のフィナーレまでは見届けられなかったが、近くの立ち飲み屋の店員曰《いわ》く「1800年の歴史がある」そうだ。まさにその土地ならではの祭り。この時期、各所で同時に開催されることも多く、できるならすべてに参加したいくらい、わたしは祭り、それも夏の宵祭りが好きなのである。

夫はわたしが夏祭りジャンキーであることは承知で、文句も言わずよく付き合ってくれるが、どうもわたしが祭りを好きなのは「屋外で堂々とビールが飲めるから」だと思っているらしい。間違ってはいないが、わたしは何より、祭りに繰り出す人々の楽しげな空気感、高揚感のなかにいることが好きなのである。そのなかで飲む酒が、いっとう好きなのである。はあ、そうなんだね。よかったね、また今年もお祭りに来れて。夫はあきれたように言う。伝わらないのがもどかしい。まあたしかに、だから伝統的な祭りでなくとも、近所の公園でやっているようなちいさな夏祭りで十分といえばそうなのだけど。

浴衣《ゆかた》を着ておめかしした女の子、ラムネを手にはしゃぐ男子小学生の集団、親子連れ、ランニングシャツにステテコ姿の男性。どこか高揚した横顔とすれ違うたびに、ただ楽しい。というか、とてもうれしい。祭りの人々を眺めるうちに、そのなかに子どもの頃の自分もいるのではないか、という気がしてくる。

毎年浴衣を着て、友だちと連れだって歩いた。反響する盆踊りの音、辺りはだんだん暗くなり、吊るされた提灯がくっきりとだいだい色に浮かびあがってくる。友だちの声がやけにくぐもって響き、さっきまで汗ばんでいたのに、いつの間にか夜風が心地いい。

わたしが通っていた小学校には「夕涼み会」と呼ばれる夏祭りがあった。最後には花火も打ち上がる立派なもので、夏休みに入ってすぐの土曜日に開かれるそれが、毎年楽しみで仕方なかった。どんな浴衣？　髪型どうする？　誰が来るかなあ、などと話しながら友だちと夕涼み会のポスターを作ったことを思い出す。有志の児童によって描かれた手作り感満載のポスターは、会が近づくと町中に貼られる。目だけが異様におおきい女の子の絵を一生懸命描いて、今年は上出来、と思ってもふいに町の電信柱で見かける自分の絵はどう見ても下手くそで、そう気づいてしまえばたちまち恥ずかしくなるのだった。

校庭には櫓が組まれ、同じ学年のタカハシとアイキが上で太鼓を叩いた。いまも盆踊りは遠くから眺めるものだと思っているが、そういえば一度もちゃんと踊ったことはない。特に小学校高学年にもなると、誰も恥ずかしがって踊りの輪に入りたがらず、一曲でいいから参加したらアイスを奢ろう、と担任の先生に言われたこと。それなら踊ってもいいかな、と思ったけれど「行こう行こう」と友だちに袂《たもと》を引っ張られ、うしろめたさを感じつつ焼きそばを買いに行ったこと。いつかの年には、カラオケ大会に出場して当時流行っていたZARDの「運命のルーレット廻して」を歌ったこと。ひとりで歌ったのだろうか？そんな度胸はないはずだから、きっと友だちと一緒に参加したのだろう。クラスの男子に「おまえ、歌うときいつもと声違うのな」と言われたこと。それが褒め言葉なのかどうか、わからなかった。まだちいさかった妹を連れて、父が張り切って流しそうめんに参加していたのを、離れたところから見たこと。数年毎に買い替えてもらった浴衣の柄、鮮やかな黄色の兵児帯《へこおび》、リボンが出来上がったタイプの簡単な付け帯、友だちの蝶の髪飾り、最後は必ず痛くなる下駄の鼻緒のあたり。

そういうものが全部、これはもう、まごうことなきエモーショナルな感情となって、だからわたしにとって夏祭りは子どもの頃の思い出の象徴なのだった。

当時まだ多摩川や隅田川の花火大会など知らない小学生であったから、毎年夕涼み会の最後に見る花火は大層立派なものだった。卒業後に懐かしんで訪れる学校の校庭の狭さに驚くように、その花火とて、きっといま見れば大した規模ではないのだと思う。でも、それで十分だった。フィナーレのナイアガラと呼ばれる花火は終わらない黄金の雨のようで、みんなでそれを眺めてから、父と妹と合流して帰路についた。すっかり着崩れた浴衣を脱いでTシャツに着替えてから、母が用意してくれたそうめんを食べる。フランクフルトも焼きそばもかき氷も、今日は好きなものをたくさん食べてお腹は十分くちくなっているけれど、「あんまりちゃんと食べてないんじゃない?」と促されてそうめんもかき込んで、夏休みはまだまだこれからで、来週のピアノの発表会は憂うつだけど、それが無事終われば神戸のおばあちゃんの家に行く。しかも2週間。楽しみなことで胸を、身体をいっぱいに膨らませて、わたしはひとりの、なんてこうふくな小学生だったのだろう。

あのときのことを思い出せば必ず打たれたように「戻りたい」と思ってしまうことは、かつての自分の悩みや苦労を矮小化《わいしょうか》するようで、どこか後ろめたい。あの頃抱えていたそのいっさいをいまのわたしは忘れてしまったけれど、いまの悩みの重さと比較できないだけの、あのときだけのしんどさがあったこともちゃんと知っている。それでも、これから起きるたくさんの「楽しみなこと」で頭のてっぺんから足のつま先までをぱんぱんに膨らませて、そうめんを頬張っていたわたしのことが、やっぱりしんそこ羨ましい。その先に、大人になったわたしが立つことを想像できなかった頃のわたしのことがどうしても、まぶしく思えてしまう。

地元の、最寄駅で開かれるもう一つの祭りへは中学生になってから友だちと出かけた。その頃は祭りで何がしたい、何が食べたいというよりも、ただ「好きなひとは来ているだろうか」という頭のなかはその一心であった。話しかける度胸はないから、ひと目見たい、そしてできれば自分を見つけてもらいたい。そう思って張り切って浴衣を着た。一緒に行く友だちにもそれぞれ好きなひとがいて、あ、◯◯いたよ、うそ、2組の男子たちと一緒、えー、どうしよ、話しかける？　などと言い合いながらやっぱりどんどん日が暮れて、小学生の頃から馴染みの盆踊りの曲が遠くから聞こえてくる。

高校生、大学生になるとさらに足を延ばしてみなとみらいの花火大会や都内の祭りにも出かけるようになるが、それはこれまでの「夏祭り」とはまったく別ものだった。もちろん楽しいけれど、そこでは好きなひとと友、友だちや先生ともすれ違うことはない。狭いコミュニティのなかで何度も同じところを行ったり来たり、それぞれがカラフルな熱帯魚のようにひらひらと泳いでいたあの時の祭りが、やっぱり一番楽しかった。

家族で夏祭りに出かけるようになったいま、母が子どもの甚平《じんべい》を選んでくれる。綿100%で着やすいと思う、やっぱりこの黄色がかわいいかなと思って、などと見繕ってもらったこの甚平の色や柄が写真に残って、それが子ども自身の思い出になっていくのかもしれない。わたしも3歳の頃に着せてもらったピンク地に色んな果物の柄が浮かぶ浴衣を覚えている。というより写真に残っているから、それをよく知っている。

つい先日、夫が学生寮の宿直で夜に家を空ける日、思い立って子どもとふたり、ちょっと足を延ばした神社の祭りに行くことにした。ええっ、さすがに遠いよ、行きは車で送るけど、帰りはバスを乗り継がなきゃいけないよ、ひとりじゃ大変だよ、疲れるよ、などといたく心配されながら、それでも決行した。祭りに子どもとふたりで行くのは初めてである。ここ数年、盆踊りのある祭りには行けていなかったから、子どもとあの懐かしい雰囲気を味わいたかった。

案の定というか、じりじりと暑いなか抱っこしてかき氷の行列に並ぶだけで疲弊し、肝心の盆踊りは子にたいそう怖がられ、結局神社の隅で砂利をせっせと運んだり積んだりするのに夢中になり、そんなふうにしてバスが来るまでの時間をつぶすことになった。

ちょっと遠巻きに祭りを観察すれば、タンクトップのおじさんが腕組みをして盆踊りを厳しい眼差しで眺めている。夏祭り俯瞰《ふかん》おじさんだ、と思う。子どもたちは駆け回るだけで楽しい。家庭科で作ったと思われる、キルティングのリュックを背負った男の子、野球のユニフォームでここに来た少年たち、黙って座ってヨーヨーを持たされている大人。帰りのバス停では、居合わせたおばあさんが「最後にやったお菓子撒《ま》きはだめだね、もうぜんぜんケチ。だって飛んでくるのは飴玉ばっかりよ、隣の祭りのほうが断然いいわね」などと厳しい評価で笑ってしまう。

夏祭りに出かけるたびに、浴衣を着た女の子たちにかつての自分や友だちを投影してしまう。懐かしくて、いやそんな遠巻きに眺める思い出としてではなく、それはこんなにありありと、いまもわたしのなかにある。と同時に、もうこんな遠くに来てしまったんだ、と思いもする。夫がいて、子どもがいて、いまにはいまの悩みがあって、なにもかもが遠すぎる、と。わたしはほんとうには、全部なかったことにしたいのだろうか。そんなことはないはずなのに、ひとりの、一個の、どこにでもいる小学生だったあの頃がまぶしくて、あんまりどうしたってそれは輝いて見える。

ただその日その日をやり過ごすしかないような、息を詰めて週末だけを頼りに生き延びるような、その週末さえも怠惰に過ぎ去ってしまうのを見送るだけの、いまを思う。すべてがなにかのはじまりですらなく、ただ前夜であったあの頃、身体が夢のように軽かったあの頃、でもほんとうには全部張り裂けそうなほど不安だったあの頃。思い立って戻りたいだなんて、だからおこがましくて言えない。ただ、大丈夫、って何度も言い聞かせて泣くこともできないいまの自分は不憫《ふびん》だな、と思う。小学生のわたしだって、泣くのをこらえるばかりだった。でも、こらえるのが下手でいまよりももっと涙はこぼれやすかった。すぐに唇がふるえ、気づけば頬は濡れ、目は真っ赤になるから誰かに気づかれる。おおきな感情に飲まれても、いまは無表情のまま処理することもできる、それが大人になることなのであれば、それはあまりにもさびしい。

久しぶりに聞く盆踊りの音楽は、そんな風にセンチメンタルな気分を加速させて、子どもを背負いながらの帰路をゆく。思い出せば思い出すほどに、強烈に戻りたくなる。戻りたい、というよりわたしはあの頃の自分に出会いたいのかもしれない。いっそ大人のままで、一度きりの夏休みを謳歌《おうか》するかつての自分に出会いたい。わたしはビールを飲みながら、遠くから小学生のわたしを眺める。ああ、タンクトップで腕組みして盆踊りを厳しい顔で眺めていたおじさんも、もしかしていまのわたしと同じ気持ちだったのだろうか。険しい表情に見えたけれど、ほんとうは子どもだったかつての自分の姿を探していたのかもしれない。

すこし先の未来のことを、まだ何も起きていないはずのことを悲観しなくてもほんとうは大丈夫。ふり返って苦しかったことも大変だったことも、何かは何かに避けがたく繋がってしまうのではなく、ただそれとしてあるはずだ、と思う。だから楽しいと感じることを感じるまま、おおきな口を開けて、たくさん笑ってほしい。うれしいことで全身をめいっぱい膨らませて、この一度きりの夏を楽しんでほしい。

5/6（土）

日本史は手つかず、国語は現代文と古文はなんとかなるにせよ漢文がノータッチだ。もう本番まで1ヵ月もないのに。大学受験を控えた絶望の夢、というのを定期的に見つづけていて、それももう10年以上、わたしはおばあさんになっても同じ夢を見るのだろうか、と起き抜けの夫に訊ねるも、はあ、そうなのかねえ、と要領を得ない反応で、わたしは5時半に目覚めて隣の子どもの足蹴を食らったりしながら今夜の勉強会の参加フォームを送ったり、その後は布団のなかで『水車小屋のネネ』（津村記久子）を読み進めていたのですっかり覚醒している。『黄色い家』（川上未映子）もしかり、おそらく同時期に連載していた好きな作家の新聞小説がこうして本になり、どちらもやはり面白く、面白い長編をすこしずつ読み進められるよろこびを土曜の朝、こうして噛み締めている。雨音が聞こえつつ、けれどいま磨りガラスの窓からふいに日差しが入り、日差しがあるだけでとてもうれしく思う。

午前は電車で3駅の地域のプレイルームへ。雨のなか子どもにレインコートを着せ長靴を履かせ、さあ出発、というところで早速抱っこをせがまれて閉口する。なんとか電車に乗る。久しぶりにやって来たプレイルームに、子どもは乗り物のおもちゃに夢中である。あまりに真剣にひとりで遊ぶので退屈していたら、たまたま同じ保育園のお友だちがいて、お母さんとおしゃべりしながら子どもがそれぞれ遊ぶのを眺めていた。お互い毎日一緒に過ごしているはずなのに、ここではひとりで黙々と遊んでいる。抱っこされている2人目の赤ちゃんはいま5ヵ月ということだったがとてもおとなしく、おてんばすぎる上の子と足して2で割れたらいいんですけどねー、と言っていた。

一緒にプレイルームを出て、大雨のなか車までの移動に傘をかざそうとすると、すみません、傘は大丈夫だからじゃあこの子抱っこしててもらえますか、と赤ちゃんを託される。やっぱりおとなしく、身をあずけてじっとこちらを見てくれた。ずっしりと重く、もうこの横抱きの感覚もすっかり忘れている。まあるくておおきい額、あたま、そしてなんといっても赤ちゃんはかかと。すべすべで柔らかく、まさにかかとのイデア(かかとのイデア?)がここにある。ちょっとだけ触らせてもらった。

午後、ふいに甘いものが食べたくなり、夫に持ちかけるとじゃあ買ってこよう、とケーキを買ってきてくれた。思い立って食べるには豪華だけれど、子どもの日に柏餅を食べそびれたので、その代わりということにした。雨のなかわざわざ買ってきてもらったのに、一瞬で食べ終えてしまう。子どもが昼寝から起きて、一緒に新聞紙で兜《かぶと》を折った。適当に折り始めたら案の定忘れている。調べて折る。できた兜を子どもに被せ、夫に写真を撮ってもらうが、却下して撮り直しを命じる。子を抱っこしていたわたしが変に写り込まないようにしたから、とのことだがわたしや子どもどころか、ほとんどテーブルしか写っていない。

今朝の新聞一面には「コロナ緊急事態終了」の見出し。これまでに世界で7・6億人が感染して、690万人が死亡しているという。いったい世界の何人にひとりが感染したのだろうと思い、まず現在の世界の人口を知らないということに気づくのだった。無知すぎる。そして調べた。78億。かつてブルゾンちえみが世界の男性が35億と歌っていたのだからだいたいそのくらいなのだ。ということはおよそ10人にひとりが感染したということになる。さらにいまも世界で3分に1人のペースで死者が出ているらしい。ぜんぜん、これを緊急事態じゃなくしてしまっていいのか不明である。コロナもおさまってきたし、という言葉を最近は職場でもひととのちょっとした会話でもよく聞くが、コロナ自体が収束したわけではもちろんなく、その言い草には懐疑的。でもわたしだってマスクはもう屋外ではほとんど着けなくなった。

夕飯にオムライスを作るつもりが、ケチャップが二人分には足りないことに気づき、苦肉の策であんかけの和風オムライスにすることに。夫は美味しいと言って食べていたが、わたしのほうでは脳がしきりに「ケチャップ味のオムライスが食べたい！」と騒ぐので和風なのにケチャップをなんとか絞って食べた。

夜、国語のオンライン研究会。人数も少なく、せっかくなら報告する側に名乗ればよかったが、こうして国語の教員同士実践を報告したり相談し合える場があることはありがたく、心強い。ほとんど聞いているだけだったが22時半までつづいた。夫も横でオンライン飲み会をしており、飲み会と言っても何も飲まずただしゃべっているだけだったので、自分が飲むついでに梅酒を1杯渡した。1日けっこうな雨であった。

5／12（金）

昼休み、生徒が職員室にいちご飴を売りに来た。地域協働事業として、学校の近くの店が出張販売に来ているらしい。この前はパン屋も来ていたが、学校という閉じた空間でそのような娯楽というか、ちょっとした息抜きになるおやつなんかが手に入るというのはとてもいいなと思う。いちご飴とチョコバナナをひとつずつ買って、いちご飴を自分の席で食べた。透き通った飴にコーティングされたいちごがきれいだし、思ったよりおいしい。チョコバナナは子どものお土産にしよう、と机のうえにしばらく置いて作業をしていたが、どうやらどんどんチョコが溶けている。職員室に冷蔵庫はない。これはさっさと切り上げて帰らなければ。しかもカバンに入れるとほかの荷物と接触してさらにぐちゃぐちゃにな りそうだったので、片手に持って学校を出、そのまま予約した本を取りに近くの図書館に行く。食べはしないから、とそのまま手に持っていると何人もこちらをふり返る。チョコバナナ、なぜ、どこで、という視線。今月の『群像』をちょっとだけ読んで、急いで図書館を出る。

図書館の中庭では制服姿の男子4人が全員マスクせずに楽しそうに話している。ひとりが咽《む》せてお茶をぬぐい、笑い声があがる。向こうの歩道では赤いヘルメットのおじいさんがゆっくりバイクを押す。陽ざしを受けてかがやくメタリックカラーのヘルメットが、するとボウリングの球に見えてくる。そう、陽ざしが強い。早く帰らなくては。

片手でチョコバナナを持ちながら自転車に乗る。こんなにチョコバナナの溶け具合を気にして急いで、滑稽でしょうもなく、けれどいたって真剣でもある。なんとか大事に至らず無事冷蔵庫にしまうことができた。

保育園のお迎え後、スーパーでお惣菜を買う。夜は夫が飲み会なので、子どもと二人、好きにやろうと決めていた。いつもならスルーするが、子どもが「ドーナッ、かゆ（買う）」と言うのでミスドにも寄った。子どもは「ピンクのやつにする」といちご味のポンデリングを選び、大事そうに紙袋を家まで抱えて帰った。自転車で通りかかった靴屋の庇《ひさし》にツバメの巣があるのに気づき、雛《ひな》がぴいぴい口をおおきく開けて餌を待っていた。「いるでしょう」となかから店員が出てきて、「でももうおおきいから、いまにも自分で飛んでいきそうですよ」としばらく見上げていた。

家に着くなり子どもは早速ポンデリングを所望し、わたしは惣菜を広げてそれぞれ自由に食べるが、今日はひとりでビールを飲んでもあまり美味しく感じなかった。

眠る前、ＬＧＢＴ理解増進法案がまとまった、というニュースを見る。ちょうど今日の新聞で見た李琴峰さんの寄稿文を思い出す。「かなうものなら、『#日本を滅ぼすＬＧＢＴ法案』を投稿した人たちに、私はマルディ・グラの景色を見せてあげたかった。ＬＧＢＴの人権が日本よりずっと進んでいるオーストラリアは、何も滅びていない。シドニーの晴れ空の下で開催される虹の祭典、そこにあふれんばかりの笑顔を、ほんとに、見せてあげたかった」。李さんの文章にもあったが、とりわけトランスジェンダーへの偏見が著しい日本で、トランス女性と同じトイレや浴場を使用することへの恐怖が語られることへの違和感はたしかにある。もしそうなったらどうするんですか、と何も起こっていない自分の想像だけでいままさに身動きが取れず困っているひとを排除してしまおうとすることの方がよっぽど怖いのではないか。けれど、偏見や差別など無数にあって、その一端に加担しているかもしれない自分もいるということ。ちょうどこのGWに山口で初のレインボーパレードが開催されたが、それには行かなかったこと。夫は行きたがっていたのに、家からはちょっと距離もあり、またちょうど同日に近所でおおきなお祭りがあって、結局そちらに行ったこと。ニュースや記事を読めばいろいろ考えはするが行動には移さない、自分の関心の低さを思う。

5/23（火）

夜、子どもを寝かしつけながらスマホを眺めていると、僕のマリさんから写真が送られてきた。そこには満面の笑みの百万年書房の北尾さんと、UNITÉの大森さんことユニ森さんが。ちょうどいま飲んでいるらしい。と、また間髪《かんはつ》入れずに今度はユニ森さんから「みんな堀さんに会いたい、と言っています」とLINE。こっちの写真にはマリさんも写っている。自分が不在の場で親しみを込めて自分の話をしてくれる、というのは何にも代え難いよろこびではないか。いや、たとえ誹《そし》りの言であってもどこかで自分のことを思い出してもらえるだけでいっそのこと、うれしい。自分とはしんそこつまらない存在であり、すべてのひとに忘れ去られている、という強迫観念があってか、こういうふうに思い出してもらえることが泣くほどうれしい。しかも会いたいだなんて。いや、ただ単に酔っているだけなのかも。でもいいのです、酔っていてもなんであっても。ただうれしくて、泣きながらゴリラのように胸をドコドコ叩きたくなる。今日日記を書くつもりはなかったのに、誰かに聞いてもらいたくて、これだけを書き残しておくためにこうして布団のなかでスマホにメモしている。

ついでに夕方のことも。保育園のお迎えがてら、「寄り道してアイスクリーム食べにいこっか」と提案する。すると「みどりのアイスにする」と乗り気で、サーティワンへ向かった。ただひとつの懸念は、最近お迎えの際にオムツでなくパンツを履かせてもらっているということ。そのまますぐに帰宅するだけなら問題ないが、アイスを食べに行くとなると小一時間はかかる。その間におしっこをする可能性はいかほどか。「おしっこ平気？」と一応訊いてみると、「平気だよ」とことなげに言うので、信じることにした。信じていいのだろうか。

近ごろ出先で食べるようになったクリームソーダやメロン味のかき氷など、みどりの甘い食べ物はおいしいという刷り込みがあるのか、子どもが選んだのはやはりみどりのアイス、ということで抹茶を一番に指差したが、さすがに苦くて食べられないだろうとマスクメロンを提案した。きっとひと口もこちらに譲らないと踏んでもうひとつシングルを頼む。いつもラムレーズンかキャラメルリボンかチョコミントで迷うが、今日はチョコミント。もう案の定、ひとりでアイスを食べ切った。もうアイスくらいなら一丁前にぺろっと食べてしまうのだ。
ここに来るまでの道で、まずはパトカーを見つけてすごいすごいと興奮していたところ、今度は消防車が2台もつづけて通り、帰り道もバス、クレーン車、とはたらく車オンパレードの往来だった。通りかかった駅前で「昨日デンシャのったねえ」と言うので、昨日は乗っていないのだけど、これまでのことを指して子どもは「昨日」と言う。2歳の子にはもう「過去」という概念が存在することを知る。

5/28（日）

子どもが発熱。昨夜外出したのがよくなかったか。もし大人しく家にいれば熱も出なかったのだろうか、などと悔やみたくなるが「でもそんなの比較できないよ」と夫。家にいても熱は出たかもしれないし、そうでないいまの時間軸は存在しない。それに、昨夜は昨夜で子どもは元気で楽しそうだった。ノリで初めてのボウリングもした。いま受け持つ生徒のなかに、ボウリングのアマチュア全国大会に出るような子がおり、折々その話を聞いていたのでそういえばこんな近所にあるボウリング場、と居酒屋で飲んで酔った帰りに寄ってみたのだった。夫もわたしもガーターばかりだが、久しぶりにやると楽しい。球を転がしてピンを倒す、と理解したのか子どもも補助台を使って何度か球を転がした。ボウリングの球の、あのなんとも言えないカラーバリエーションのことを、見るたびにとても好ましく思う。ショッキングピンク、絶妙なメタリックブラウン、さまざまなマーブル模様。惑星みたいだ、と思うのは安易なのかもしれず、けれどわたしはボウリング球の色がとても好きだ。色が、というのもそうだし、ものすごく重いのもいい。いったい何でできているのだろう。

1ゲーム終えてなんとなく場内をぶらぶらしていると、ちょっとした大会のような、何レーンかを貸し切って盛り上がっている集団のなかにくだんの生徒がいるではないか。後ろからその様子を眺めていると、お母さんと思しきひとの視線を感じ、○○さんのクラスの現代文を担当しています、と話しかける。こうやってね、ほんと毎週来てるんですよ、これ、ほらあらかじめボールをいくつも宅急便で送って、といかにも重そうなバッグを見せてくれた。お母さんと話す間、彼が投球するのを何度も見たが、すべて鮮やかなストライクであった。帰り際、自販機のスポーツドリンクを渡して帰った。お母さんに酒臭いと思われなかったかどうかだけ、後から気になった。そういう昨夜であった。

午前中、買い物がてらミスドに寄り、BR賞の原稿の直しを進めた。応募するのは今年で結局3度目になる。去年受賞するつもりだったのに、というのは冗談でなくけっこう本気で、今年こそ雪辱を果たせるといいなと思う。作業のかたわら、さっきから外にいるひとが通りすがりに窓のチラシをとても興味深そうに眺めていくのに気づく。裏から透けて見える「ドーナツ食べ放題復活のお知らせ」。ほう。足を止める人がみな、（へえ〜）みたいに目を細めて歩いて行く姿がなんだかとてもよかった。

夜はマグロアボカド丼。むしろマグロは必要ないと思えるくらい、アボカドだけで十分しっかり熱も下がり、子どもは保育園へ。

授業では、先日書いてもらったエッセイのなかから特によかったものを名前を伏せて配布した。みな真剣に読む。ほんとうによく書けており、「死を赤の他人と思って過ごす」話は文豪が書いたのか？　と思うほどだし、「近道に通る公園で遭遇するスケボー集団」は中学生とは思えないユーモアある筆致だ。とにかく感心して、唸るばかりだった。といって今回ここに載らなかったから落ち込むことはなく、わたしたちは毎日何かしら思考して、それを話したり、言葉にしている。音楽や絵画などとは違って、書くことはすべてのひとにひらかれている、と弁舌をふるってしまう。

授業後、なんとか間に合うかも、と踏んで急いで学校を出た。そうして自転車ですぐの美味しい。でもアボカド、結構高いんだよなぁと言うと、アボカド農家って全然儲かってないんだってね、と夫が言う。栄養価の高いアボカドを育てるためにはほかの作物を同じ畑に植えられないらしく、非効率で、利益が見込めない。ならフェアトレード的なものをなるべく買った方がよいのだろう。目を伏せているだけで、ユニクロやGUだってほんとうにはサステナブルではなく、搾取のうえに成り立つ安価さなんだろうな、ということを思う。けれど思いつつ、それは思うだけで、手持ちの多くの服がそれらファストブランドであるという矛盾。なんかいつもいいわけがましいなあ自分は。全部ぜんぶ思うだけ。思うことばかりたくさんあって、あたまが重い。

5／31（水）

ウィメンズクリニックの午前中の診療ぎりぎりに駆け込むが、本来は予約必須だったとのこと。でもいいですよ、と診察室に通してもらった。

3ヵ月前、左胸にちいさなしこりがあるのに気づき、マンモグラフィーとエコーの検査をした。結果、良性の繊維《せんい》腺腫《せんしゅ》でしょうということで、おおきさの経過を診るために再度受診するように言われていた。自分ではこの3ヵ月、しこりに変化はないように思っていたが、もしかしたらほんとうには悪いものなのではないか、医師はそれを見落としているのではないかという疑いが、それはどの病院に行って診《み》てもらっても、わたしはそんなふうに思ってしまう。大丈夫ですよ、と言われてその言葉をほとんどは信用して、けれどどこかではもし稀《まれ》な症例で見落とされていたらどうしよう、と。このノイローゼのようなあり方とどう向き合ったらいいのかわかっていない。むしろ、これははっきりと不安症や強迫症なのかもしれない、とずっと思っている。ほんとうに病気がこわい。がんになんて、その罹《り》患《かん》率をみるに生涯でむしろ罹《かか》ると思っておいたほうがいいだろうし、健康至上主義的な潔癖症から脱却したい。ひとは間違いなく老いるし、年を重ねるなかで場合によって病を得る。それはどうにもコントロールできないものでもあり、病をいつか得るかもしれない自分、というものをそろそろ抱きしめて、大丈夫と言ってあげたい。エコーの結果、「やっぱり良性の繊維腺腫ですね。大きさもほとんど変わらないから大丈夫ですよ」とのことだった。2度診てもらえたのだから、ちゃんと大丈夫だと思いたい。

安堵のまま、けれどさっきまでの緊張がまだ上手くほどけずに、帰宅して昼食を作る気にはなれず、帰路にあるケンタッキーに寄る。水曜日のケンタッキーは混んでいる。マックではない、ケンタッキーであるこの昼の気分、というのをここにいるひとたちと共有していることの不思議。惰性ではないなにかが「ケンタッキーという選択」にはあるのだと思っているが、どうだろうか。地方ゆえに駅前にあるわけでもなく、多くのひとは車で来る。ドライブスルーで立ち寄るひともけっこういる。地方都市における、それぞれのケンタッキーライフ。遅れてやってくる安堵のなか、久しぶりに食べたチキンフィレサンドは美味しかった。

6/6（火）

6月6日に雨が降っている。ザーザーと、見事なことである。降る年も降らない年も、あの「棒がいっぽんあったとさ」ではじまる絵描き歌のコックさんに、ひとときわたしは思いを馳せる。いつだったか、その年もやはり雨で、教室の窓から雨模様を眺めながら生徒たちに「コックさんの絵描き歌知ってる？」と聞くと、知らないというので歌いながらわたしは黒板にその絵を描いた。ほら、ほんとに今日6月6日、雨ざーざー。と言って完成したコックさんの、そのどこか頼りない表情。

昨日もらった原稿依頼について、北尾さんに電話で相談する。「気になるなら全然先方に聞いてみたらどうですか、だってそもそもこっちは依頼されてるんだし」と助言をもらう。すぐに「今話せますよ」と対応してくれてありがたかったが、それ以上話は膨らまず、じゃあまた、と電話を切る。貴重な時間を奪ってしまったかも、という気持ちと、もっと書きものにまつわる最近のあれこれを共有したい、つまりもっとラフに雑談したい、という気持ちとが残る。こうして書くと完全に北尾さんに頼っていることに気づく。というか、ただわたしはこの話を北尾さんに聞いてほしかっただけなのかもしれない。こんな依頼来たんですよ、すごいでしょ⁉　と。子どもじみている。

昨夜から気のせいと思い込むことにしていたが、やはりどうやら風邪らしい。喉の痛みがないのは救いだけれど、咳が出る。腰がだるく、熱の予感がある。自家製ヨーグルトはその後も毎朝食べつづけているが、また同じだけわたしは風邪をひきつづけている。だが夫は引いていない。子どもも発熱は一度きり。自分がひくすべての風邪が子ども経由だ（と思ってやまない）が、いつもまともにそれを食らうのはわたしである。R1（自家製増産）ヨーグルトからわたしの強さはまだ引き出されないのだろうか。半信半疑のまま食べつづけるヨーグルト。けれど子どもはすっかり気に入って、朝夕にごくごく飲むいきおいでヨーグルトを摂取している。気づけば乳製品アレルギーもまったく出なくなり、ミルフィー（アレルギー対応ミルク）を飲ませていた頃がとおい昔のように思える。

夕方、雨のなかお迎えに行くと、お手製の、紙でできた赤い傘を差して登場する。得意気だ。「作ったの？」「作ったんだよ」。濡れてすぐだめになりそう、と思うも、園を出てすぐ押しつけられた。

6/8（木）

家を出るときは小雨だったので、大丈夫だろうと踏んで自転車に乗る。学校までの道のりには交番があり、以前傘差し運転を注意されたことがあって、以来交番の前を通るときには傘を下ろして一時的に前かごに入れる。ほとんど濡れずに学校に着き、このまま帰りまでそこまで降らずになんとかもつか、と思いきや授業中に急にざあっと降り出して、生徒たちがにわかに天気予報や（おそらく電車の）運行状況を調べはじめるのでそんなにか、と思いたちまち帰るのが憂鬱になる。

先生の本をぜひ図書室に入れたいのですが、と言われていたので家から1冊持ってきたが、なかなか図書担当の先生に言い出すタイミングがなく、引き出しにしまったままだ。こんな些細なこと、と思うようなことでうじうじする。電車で帰ろうかどうか迷って、でも明日は晴れるようだから自転車を置いていきたくない。と、思い切って乗って帰ることに。外に出るとやっぱりかなり降っている。サドルの濡れた自転車に乗って、傘を差してすごい雨と風のなかびしょ濡れになりながら帰った（交番の前ではそれでも傘を一瞬下ろした）。

保育園のお迎えにも強行突破で自転車で行き、先生たちに「自転車で来たの!?」といたく驚かれたが、そもそも晴れてたって自転車で来るのはわたしだけだ。みな車。ほんとうに地方は車社会だなと思う。子どもにカッパを着せて、また濡れながら帰る。

保育園の連絡帳には「尻もちをついて転ぶと、おしりがわれちゃった〜〜と泣いていました」とあり、ちょっと笑ってしまう。子よ、案ずることはない。きみのおしりははじめから割れている。雨は夜には止《や》んで、明日は晴れるらしいからまた自転車に乗る。晴れていれば、交番の前も堂々と通ることができる。

6/10(土)

午前、保育園の懇談会。楽しみにしていたのでうきうきで出かける。前半の全体会では0歳児クラスから順にスライドの写真を見ながら最近の様子を聞かせてくれて、それだけでなぜ? と自分でも不思議なのだけど、写真にも、先生の言葉にもいちいちぐっときて、涙が滲《にじ》む。先生たちが本心で、ほんとうにころから子どもたちにいい体験をしてもらいたい、心地よく過ごしてほしい、と望んでいることが言葉の端々からうかがえるからだろうか。「一人ひとりが生活の主役であってほしいから」とさらっと言っていたのが印象的だった。そこでまた涙が滲む。こぼれるのではなく、滲むのだ。と同時にこころがほどかれて、自分までおおきく肯定してもらったような、圧倒的なよさに包まれる。毎日バスでいろんな公園へ行く、海へも行く、動物園にも行く。梅仕事をして、毎日園のプールで遊ぶ。こんなに素晴らしい環境で過ごすことができて、むしろ羨《うらや》ましい。羨ましいよね、通いたかったよね、ということをその後のクラス懇談会でみな、話すのだった。進級してから初めてのクラス懇談では、あらためてなぜこの保育園を選んだのか知りたいな、と思って、と担任の先生が言い、ひとりずつ話すことになった。その話がまたどれもよく、じっくり聞いた。ひとりのお母さんは、はじめ両親にどこの保育園云々、ではなく保育園に通わせること自体を反対されたらしく、その当時のことを回想しながら、「あれ、なんでだろう、全然泣くとこじゃないのに、ごめんなさい」と声を詰まらせていた。みんなで頷きながら見守る。いろんな思いがあって、子育てをして、働いて、いまここにいて、つかのまそのように思いを共有できることが、わたしはとてもうれしくまた心強いのだった。すっかり浄化された気持ちで帰宅し、ああだったこうだったと感想を夫に話すのだけれど、うんうん、いいねえと聞いてくれるもやはりあの場にいないとあの感じ、あのよさは伝わらない、ともどかしく思う。次回の懇談会はしぶしぶ夫に譲ろうと思う。むしろ午前午後の二部制にしてほしい（それはさすがに先生たちが大変）。よく子ども同士を遊ばせたりと、仲良くしてもらっているSさんが、「うちの子が云々、というよりこの集団のみんなのことが気になるし、気にかけたいと思う」と言っていたのがこころに残っている。どうしても我が子のことが気になるが、自分の子も、つねにほかの子とかかわって生活している。このクラスの他の子どもたち、あるいは異学年の園の子たちのことも気にかけていたい、というまなざしがとてもいいなと思った。見習いたい。

夕方、公園に寄ってからはま寿司へ。風が強く、歩いているうちはよかったが公園でしゃがんで砂遊びしていると途端に寒くなってくる。夫のアロハシャツを借りて、それでもまだ寒い。予約時間より早めにはま寿司へ着く。「はま寿司に行こうね」と子どもに言うと「はまずしい？」とリピートする。そう、はま寿司。やすくておいしいお寿司です。サーモンとまぐろとはまち、醬油も付けずによく食べ、最後に好物のメロンソーダをものすごく真剣な表情で飲んでいた。回転寿司は楽しいが、自分が集中して食べたり、夫とゆっくり話したり、ということがままならない。ほかのテーブルもそんなふうで、誰も会話をしていない。メニュー画面を見つめるか、レーンの皿を気にするか、黙々と食べるか。でも、だから会話のあまりない老夫婦でも、思春期の子のいる家庭でも来れるのだと思う。なんだか結局あまり食べた気にならず、帰りにセブンイレブンでカップラーメンを買う。セブンで買うのは決まって蒙古タンメン中本。買って満足して、結局食べずに寝た。

6／18（日）

たまたま大学の友人の誕生日と父の日が重なって、それぞれから送った品が届いたと、連絡が来る。父のメールには「ワクチン6回目を打ちました」とあり、もうそんなに回数を重ねてるのか、と驚くのだった。と同時に、半ば無意識に（そんなにバンバン打って大丈夫なのか）と思う自分に気づく。いや、きっと大丈夫なんだろう。でも、接種後に死亡した事例だって聞くではないか。急に不安になり、でもそれをさりげなさを保ったままメールの文面で父にどう伝えたらいいかわからなかった。

午前、勤務校の文化祭に家族で出かけるも、駐車場として臨時に開放されているグラウンドへの道がすでに渋滞している。そんなに混むんだ、と面食らいつつ迂回して有料駐車場に停めた。数年ぶりの一般公開の文化祭だが、関係者以外は案内券が必要らしく、そんなものは事前に配られなかった。わたしは関係者として入れるにせよ、夫と子どもが入れなかったらどうしたものか、とドキドキしつつ正門に着くと顔見知りの先生ばかりでどうぞどうぞとすんなり入れてくれた。とにかく校内もすごい混みようで子どもを抱っこしたままうろうろするが、何をしようにも並んでいるので受け持ちのクラスにだけ顔を出して「やってるね!」と声をかけてそそくさと校舎を出てきた。途中、子どもにジュースを買うために並んでいた列で「あれ先生じゃん」「えっ先生子どももいたの、知らなかった!」「知らなかったー!」「ギャハハハ」と文化祭テンションの女子たちに囲まれ、楽しそうで何より。校門を出るとき、金髪の高校生と思しき集団が入校を止められるところに出くわし、ちょっと驚く。いやけっこうびっくり。私立とはいえ、他校の生徒にまで風紀を強要するんだなぁと正直思ったのだった。

夕方から、夫の同僚夫婦がうちに遊びに来る。つい最近結婚したということでお連れ合いと会うのは初めてで緊張する。同僚氏はこれまで何度もうちに来て一緒に飲んでいるので気は知れているが、お連れ合いは未知。ほとんど前情報なく初めて会うひと、というのは当たり前だがまったくそれがどんなひとであるのか、想像が及ばない。顔も声も服も、想像のきっかけがない。どんなひとなんだろう、と思いながら何も思い浮かばないままを待つ、という不思議な時間。カナッペやシーザーサラダ、後で焼く肉の下ごしらえなんかをした。

6/19(月)

朝、父からメールの返信が来ていた。さま

ざま勘案しつつ、結局ワクチンについて控えめに心配の旨《むね》を送ったのだったが、「次からは様子をみたいと思います」という言葉にほっとした。してしまった、と言うほうが正しいのかもしれない。父は父の判断で接種したのだから、それを責めたいわけではないのだけれど。いまは健康で働いている父であるが、離れて暮らしているといつが最後かわからない、なんてことを思ってしまう。

なんでわたしはこんなに親のことが心配で気になって、どうしてずっと、親離れできないのだろう。血の繋がり、家族だから、で説明してしまうことに違和感がある。長く一緒に暮らしていた、そして大事にしてもらった。シンプルにそう思う。でもそれだって「家族」だからそうしてもらえたのだろうか。ひねくれているだろうか。「家族」という血縁の、情緒的繋がりのことをよく考える。そういえばつい数年前までは親が死ぬ夢をよく見ていたが、それはもう見なくなった。

新聞で、病気や事故で子どもを亡くした家族のことがここ数日取り上げられていて、そんな想像はしたくないが、もしも子が死んでしまったらうちには子どもがいなくなるんだな、と思う。想像したくないその静けさを思ってぞっとする。きょうだいがいれば、と思ってしまうこと、あるいはいたとしても、どの子も代えがたくその子であるはずで、何人きょうだいであってもひとりいなくなることの喪失ははかり知れない。そんなかなしいこと、考えたくない。順調に成長していけばこそ、やれお受験だなんだと口を挟みたくなるのだろうが、もうほんとうに、ただ元気でいてくれればいいのである。みんな、大事なひとはみんな、生きて笑顔を見せてくれれば万々歳なのだ。何度忘れても、またその度に思い出すしかない。大事な、と形容できないどこかの誰かも、すべてのひとが、みんなどこかで元気でいてほしい。そういう無責任な、でもほんとうの、手放しの気持ちをどう表現したらよいのだろう。書くっていうのはそういうことなのだろう。みんな、と言って名指しきれない他者を勝手に思って、思うなど不可能で、胡乱《うろん》である。乱暴で、適当で、浅はかだ。

午後、『今日の人生2』（益田ミリ）をなんとなく手に取る。初めて読んだのは出産で入院した病院のベッドだったこと。その少し前に発売されていたのを、その時のために楽しみとしてとっておいたのだった。陣痛を待ちながらしみじみ読んだ記憶があったが、それ以来かもしれない。その後『うみみたい』（水沢なお）を一気に読んだ。「ひとはひとを愛するためにうまれてきたのだと、そういういきものになるのだと、疑いもせずこれまで生きてきた。わたしには、その運命を受け入れる覚悟があって、だけど愛のすべてと折り合いがついているわけでもなかった。やがてセックスへと流れ着くのかと思うとほとんどの恋愛は恐ろしかった。だからこそ、そうなり得ない親密さはどこまでも心地良かった。」という部分が印象に残る。

夕食の支度をしながら、たまたま割った卵の黄身が双子であった。この卵のパックでは二度目なので驚く。卵焼きを作るつもりだったので、「あ」と思いつつすぐ菜箸でほぐしてしまった。

布団に入る前、夫と今度の車検の件でひと

しきり揉《も》める。古い車なので税金も上がるらしく、夫は思い切って新車にしたいらしいが、わたしにはそんな決断はできない。険悪なまま、眠る。

　元気でいたい元気でいてほしい　眩しい文字にずっと許されつづけていたい

6／27（火）

保育園に子どもを送り届け、朝一で映画館へ。頻繁に行くわけではないが、映画館がじつは家からとても近い。カンヌ国際映画祭で話題の「怪物」を観た。始まりから終わりまでまったく飽きさせず、そのことにまず驚く。ものすごく練られているんだな、とシンプルすぎる感想だけれど、エンドロールを見ながらそう思った。ラストシーンはうつくしいが、うつくしすぎてそれは二人の死を意味する気もして、そういう解釈を成り立たせてしまうのはどうなのだろう。二人の秘密基地も廃車となった車輌であって、これはTwitterで流れてきた感想で見ていたことだが、まんま『銀河鉄道の夜』ではないか、という。性的マイノリティが死をもってそこから退場するという構造は「大豆田とわ子と三人の元夫」にも描かれる、という、これも誰かからの受け売りだが、それと同じように捉えられることもできてしまう、などと悶々、考えた。

　もっと余韻を感じながらぼんやり考えたいのに、エンドロールが終わるやすかさず清掃が入り、観客もさっと帰っていく。いつも映画を観た後に思うことだけど、この場にいたひとたちで映画の感想を話し合ってみたい。それが難しいなら、一言でもいいからインタビューしてみたい、とひとりで観た日は特にそう思うのだった。田中裕子演じる校長の「誰かにしか手に入らないものを幸せとは言わない。みんな手に入るものを幸せって言うのだ」という台詞。ここで、この場面でその台詞。いかにも映画っぽい。でもそうかも、といたって真面目に思う。あるいは、子どもがこれから直面するかもしれないあらゆることを考えていた。学校という閉鎖空間で起こり得る陰湿な出来事の数々。学校ってほんとにやだなー、と教員ながらしんそこ思う。わたしはずっと、学校をぶっ壊したい。

今日の新聞、西加奈子さんの連載記事。乳がんの体験をまとめた『くもをさがす』を一気に読んだところだったのでタイムリー。「恐れを感じると、感情を解体して向き合い、『わたし今、すごく怖い』と声に出す。そのときは、すごく負荷がかかる。でもそれをすると、恐れを抱きしめることができて、自分がいとおしくなる」という部分に頷いた。同じ紙面に、小学校の教科書における「性の多様性」についての記述があり、「東京書籍では、3、4年の保健で『異性が気になる』という表現を『ほかの人が気になる』に、『異性と話したいけれど、はずかしい』を『異性や好きな人と話したいけれど、はずかしい』という表現に変えた」とあるが、「異性や好きな人」ってそこを分ける必要はあるのか、ただ「好きな人」でよいのでは。それならアロマンティックやアセクシャルについての記述も入れるべきではないか。誰にも話すことはなく、ただひとりで色々考える。こういうことを、SNSでシェアする反射神経のようなものが、自分にはない。

7／11（火）

気づけば7月も3分の1が過ぎようとしている。いや、すでに過ぎている。3分の1から半分への移行というのは一瞬で、こう、毎月新鮮に驚くよね、とつい数日前に夫に話したら、曰く「3分の1から6分の1進めば半分だからね」と。そんな風に分数を元に暦のことを考えたことはない。なんなら得意気な夫の顔を一瞥して、けれどわたしもかつてひととの会話のなかで「なぜ大人になってからの毎日はかくも矢のように過ぎるのか」という話題が出ればその度に訳知り顔で、「分母が増えるからだよ」などと言うのだった。赤ちゃんはほら、生まれたその日なら一分の一、一年経ったって365分の1を生きている。対して30を過ぎていればその分母も1000を超えて、だから日々は釣瓶《つるべ》落としのよう、というわけ。この説、だいたい誰から聞いたのだったっけ。訳知り顔のひとのその顔、表情。愛すべき人間、という感触がある。

明後日が誕生日の友人へ、手紙を書く。2019年の秋に会ったきり、たまに電話で話すことはあっても、手紙を書きながら想像する彼女の髪の長さもわからない。そのくらい、ずっと会っていない、会えていない。お互いがそうであるけれど、マスクを日常的にしている彼女の姿もあまり想像できないことが、なんだか切ない。半年前の、自分の誕生日にもらった手紙のなかに、「相手の悲しいこともうれしいことも知らないで過ごしていて、でも会えば変わらず頷き合えるような関係だと思っているよ」というようなことが書いてあって、そんな友人がいることにひとときどき胸がじん、となるのだった。わたしもそして、同じようなことをまた書いた。同じことであっても、何度だって、お互いの大切な日に確認し合いたい。毎日が穏やかで、光に満ちたものでありますように、と結んだ。

近くのコーヒー屋でプレゼントの包みを作ってもらい、郵便局へ。ガムテープを借りようとして、その台にありますよ、と指さされて探すも見当たらず、「ないんですが……」とおずおず言うと「えっ！　盗まれたっっ⁉」とやにわに剣呑《けんのん》な受付の女性。すぐに見つかったからよかったが、備品がなくなることはよくあるのかもしれない。

帰路、今日で改装前最後のセール中のスーパーへ寄ると、日用品やお菓子などが軒並み半額で、すぐに必要なさそうなものまで買い込んでしまう。レジの長蛇の列に並んでいると、保育園から電話。熱が下がらないのでお迎えお願いします、とのこと。今朝は起きるのもぐずぐずと遅かったしなんとなく手足が熱い？　と思っていたのでやはり。しかし、慌てて園に着くも子どもはケロっとして元気。38・0℃あるようには見えない。帰って測り直すと36・9℃で、そう、こんなことがよくあるのだった。特に夏場、ちいさな身体に熱がこもってしまうのか、家に帰ると平熱、というのはほかのお母さんからもよく聞く。でも鼻水は出ているし、疲れてはいるのだろう。なんとか昼寝をさせたく奮闘し、いまやっと寝てくれたところ。子どもの隣に寝っ転がったまま、スマホで日記を書いている。

川上未映子の新刊エッセイ『深く、しっかり息をして』を読みすすめる。毎年なんだかんだ子どもとのお出かけで日焼けしてしまうが、今年はがっつりUV対策していたという筆者、けれど子どものお迎えでママ友に「焼けた？」と指摘される。とほほと思っていたところ、「……そういうことって、思っても言わないでほしいよねえ」と別のママ友にさらっと言われた、というくだりがあった。ものすごく共感する。自分も同じことを、同じようなシチュエーションで言われたばかりで、悪気はないただの「感想」だとしても言わないでほしいな、と思う。だから「そうか、世界には『言わないでほしかった』という感情があったのだ、そのように思ってもよい角度があったのだ、率直さを優しく拒否する自由が、世界にはあったのだ……！」という部分はまさに、わたしも目から鱗《うろこ》なのだった。たとえば、あまりこうしてここに書きたくないほど、元からの暗い肌の色、またアトピー体質であること、とともに自分の身体を半ば諦めながらこれまでをわたしは生きてきた。自分でも嫌というほど承知しているのだから、指摘されたってどうしようもないことは言わないでほしいし、言わないでほしい、と思うことだって全然いい、思ってよい、というのも本当におおきな発見だった。

そうではなく、素敵な服を着ていたり、髪型が変わっていたりしたら、それがそのひとの手によるポジティヴ（に思われる）変化であれば、「素敵ですね」「似合ってますね」と結構積極的に言うようにしている。けれど背丈や体型、見た目については何を思っても、褒めることに繋がることでも頑《がん》として、わたしは言わない。誰々に似ている、とかもそれが褒め言葉であっても絶対に言わない。自分ではままならず、どうしたって動かせないもののことは言わないし書かない。そして、エッセイのなかで「言わないでほしいよね」と筆者をケアしていたママ友のことをしんそこ尊敬するのだった。そのひととの関係性にもよるけれど、立ち話程度のおしゃべりのなかできっとわたしはそんな風に返すことはできない。でもそう言われたらとてもこころがほぐれるだろうなと思う。

7/24（月）

ソファで『東京あたふた族』（益田ミリ）を読んでいたら、「スーパーではカートを押す派だ」という一文に思わずはっとする。（スーパーではカートを押す派……）誰にも訊ねてみたことはないが、「あなたは買い物時カートを押しますか」ってたしかに妙に気になる問いである。わたしは長らく「押さない派」であったが、子どもとの買い物ではどうしても必要で、以来ひとりのときも自然に押すようになった。買い物なんてカゴひとつでさっと済ませればよく、カートなんていかにも大仰と思っていたが、益田ミリさん曰く『大きくなったらひとりでカートを押して買い物したい』と思っていた子供のころの夢を叶えてあげているのである」。それは、一度か二度押してみれば気が済むという話ではないらしい。子どもの頃の自分のためにカートを押しつづける。なんだか妙にぐっとくるのだった。

そしてなにやら朝からずっと頭が痛い、またなぜだか風がびゅんびゅん吹く日である。現代短歌社賞に向けて、あと一週間で300首をまとめ上げなければならないが、昨日ひとつ原稿を出したこともあって気が抜けて、そして頭も痛く、まったく使い物にならない日中。風が吹くからエアコンは要らず、轟々《ごうごう》鳴るなかソファで眠っていた。覚醒し、わっと一息で名もなき昼飯を食べて、引きつづき眠りこける。

8／1（火）

ダイニングの壁に掛けてある、うちで一番おおきなカレンダーをびりびり剝がして8月を迎える。月の始まりは、いつだって新鮮にうれしい。昨日ひとつ締切を終え、今朝例の300首の原稿も送ったのでこころもち晴れやかである。あと今日もうひとつの締切を提出すれば10日ほど締切がない。

昨日のこと。母からLINEで「おとう、コロナだって」と来てどきっとする。とうとう父も。6回ワクチンを打ってもなるときはなるのだな、というより、いままでよく罹らずに済んだな、のほうが正しいかもしれない。熱はなく、咳が出る、くらいの症状らしい。コロナ禍すぐの頃は、毎日のように増えつづける東京の感染者数に怯えながら、もし離れて住む家族が罹ってしまったら、ということばかりを案じていた。そのときとは気持ちが随分違う。罹るよね、仕方ないよね、でもきっと大丈夫だよね、といくらか楽天的な気持ちでいられる。全数把握がなくなってから全体像が分からないまま、けれどいまも流行っているのだろうことはじわじわと感じつつ、となればお盆の帰省も気がかりである。トークイベントには無事出られるだろうか。そのまま義母の住む盛岡へも行く、そんなスケジュールをちゃんとこなせるだろうか。

これも昨日のことだけれど、今年もBR賞は受賞を逃し、3度目の正直ならずだった。

大森静佳さんに「ダメでした〜」とLINE。体調を崩されていたようでぐだぐだ愚痴を言って申し訳なかった。今回大森さんの『ヘクタール』の書評で受賞して、お祝いと称し一緒にがぶがぶ酒を飲みたかった。でも、まあ何度でも挑戦できる機会があるというのは喜ばしいことかもしれない。来年もめげずにチャレンジする。

そういえば昨日は子どもの身体測定もあった。この1ヵ月で身長は2センチも伸びており、体重もしっかり増えていた。食べるようになれば身体はこんなにもぐんとおおきくなる。一日を通してハイハイン（赤ちゃんせんべい）しか頑として食べず、泣いて（わたしが）絶望していた頃の自分にこの堂々たる数字を見せてあげたい。いつかは食べるようになる。元気ならよし。大丈夫、大丈夫。そしてまた、昨日は保育園のお友だちのところに、赤ちゃんが生まれた。送ってくれた写真におめでとう、おめでとうと返事をしたのだった。

午後、あたらしいお隣さんから挨拶の品をいただく。「わ、こんなお気遣いいただいてありがとうございます、ご馳走さまです！」と元気にお礼を述べたのだったが、開けてみると中身はラップとジップロックであった。可愛らしいラッピングの施された箱、すなわち菓子、焼き菓子、と勝手に思い込んで「ご馳走さまです」と言ってしまった。きっと（あ、食べ物じゃない……これはラップです……）とお隣さんは思ったに違いない。恥ずかしくてにやにやしてしまう。

寝る前に子どもからはじめて「ママ、手つなご」と言われる。しばらく手を繋いで目を閉じていた。子どもの手はいつもぬるく、湿っている。いくら短く切り揃えても、爪が汚い。中指にはほくろがある。この世でいちばん、かわいいほくろ。

8/7（月）

この夏は、どうも風が強い。気温のわりにびゅうびゅう風が吹くから、日中でも窓を開けておけばそこまで暑くはない、と思ってこの前ソファで昼寝をしたら、夕方あたりからどうしようもないいくらいの頭痛になり、熱が出たのだった。あれは、もしかして熱中症だったのか。熱中症の多くは室内で、という。それから怖くて昼寝できていない。ひとりの部屋でエアコンをつけるのは憚《はばか》られる、暑くないし。いまもカーテンが風を受けて気持ちよさそうにはためいている。それを見ている。蟬《せみ》の声が聞こえて、バイクの音も遅れてやってきて、夏なんですね。夏休みなのですね。学生でなくなっても、そのまま教員になったのでずっと夏休みとともにある人生である。

でも、これで全部なのかな、と思う。夏休みがあって。冬休みもあって。エアコンに冷やされた身体の表面だけが冷たい感じ、額のぬぐい切れない脂っぽさ。今日は『文學界』の発売日で、なんとなくそわそわして朝、保育園の見送りの帰りも、昼もポストを覗いたけれどまだ届いていなかった。さっき母からLINEで「これ、静香だよね？」と『文學界』の新聞広告の写真が送られてきて、そっか新聞にも載ってるんだ。なんだか不思議でぼーっとしてしまう。文芸誌の表紙に自分の名前が載ることなんて、わたしの人生には起こらないと思っていたのに、もう二度も起きてしまった。大変なことだ。これできっと全部である。なのに、なぜか漠然と不安で怖くて、全部終わりにしてしまいたくなる。夢が叶ったって、ほんとうにはなにも変わらないのだということに気づいてしまって、詮《せん》ないことである。

全部このままでも、いまのあなたのままでも大丈夫、と言われるような、絶対的な安心感に包まれるような、もう二度とそんな気持ちになることはないのかな。何かがつねに不安で、何かをずっと恐れている。終わってしまうことが、関係がなくなることが、信じられなくなることが、ずっとこわい。不安がなくなってほしい、というよりも生きていること自体がおおきな不安なのだから、それでもなお、その不安さえも抱え込んで大丈夫、と思えるような安寧を、自分で生みだせるようになりたいのに。

数年前、梅田で川上未映子さんのサイン会に行ったときに、けれどわたしはその「絶対的な安堵感」に包まれる体験をしたのだった。『夏物語』は当時子どもを持とうかどうか悩んでいた時期に読んだものだから、ストレートに胸を打たれ、そのまま感想を伝えたらやっぱり泣いてしまって、驚いたことに川上未映子さんも泣いていて、わたしが「まだここにはいない、誰かに私が出会うことは、やっぱり素敵なことですか」とこれまたどうしても泣きながら聞くと、「うん、そうだよ、死んでしまうけれど、全部終わるけれど、それでも」と言ってくれたこと、そのときのなんと言ったらいいのか、もうたとえ何がどうであってもそれでいいんだ、選択してもしなくても、できたと思ってできなくても、どうであっても、それがそれ自体で端的にゆるされているんだ、と思えてならず、そのときの感覚はほとんど救いのようで、あのときのことを思っていまでもこころは、いや丸ごとわたしは、ざばーっと洗われる。

そんな気持ちになることはあのとき以来一度もなく、もうたとえ夫や母、友人の前でも、誰の前でもそんなふうにすべて受け入れてもらえるような、子どもみたいに泣ける日は来ない気がしていて、そのことが結構堪《こた》えるのだった。いや、でもそれがちゃんと独りであるってことなのではないか。わからない。もちろん川上未映子さんの前でだって、わたしはすべてをさらけ出して泣いたわけではないけれど、そのときのめいっぱいの感情と感謝とはこころからのものであって、それを受け止めてくれたこともこちらに伝わって、著者と読者という関係に兆す一瞬のたましいの邂《かい》逅《こう》、のようなものはたしかにあるのではないか。川上さんはよくエッセイのなかで、サイン会にやってくる女の子が話しながら泣いているとこっちももらい泣きしてしまう、と書いているので過日のこととて特別わたしにのみ起こったことではなく、悩んで考えてこころも頭もパンパンになったわたしたちのことを受け止めてくれる、そのあたたかさにやっぱり何度でも驚くのだった。

せめて自分の子どもには、「もういいよ」と疎《うと》まれるまで、いくらでも言葉にならない感情を泣くことで浄化させてほしい、子どもにとっての、好きに泣けるひとつの場所でありたいと思う。誰とだって、わかりあえることなど一瞬で、ふいのことで、だからわかりあいつづけることなんてできない。そんなの嘘なのだ。

わかりあうことがゴールの人たちを尻目に百年なんて待てない

8／15（火）

昨日から台風の動向を気にしていたが、飛行機は無事飛んだ。けれど離陸前にCAさんから「かなり揺れると思うので、もしお子さんの気分が優れないようでしたらこちらのエチケット袋を遠慮なくお使いくださいね」と忠告された通り、もうめちゃくちゃ揺れるのでわたしはそのたびに「ウォウ」と怯えた犬みたいな声を出してしまうのだった。しかしみんなは黙っている。こんなに揺れるのに怖くないのだろうか。揺れが強いと飲み物の提供もないらしい。ひたすら身を硬直させて着陸を待つ地獄の時間だった。しかも台風上陸の関西を避けるルートで、日本海側からの迂回で2時間のフライト（通常1時間ちょっと）、完全に疲弊してしまった。これから穂村弘に会うというのに。会って喋らなきゃいけないというのに。せっかくセットした髪もボサボサ、顔もげっそりである。

夫、子どもと別れひとり中央線へ。ちゃんと確認したはずなのに、気づいたら神田を通過するところで、これはもしかして反対方向に乗ったのか。確かに「おー四谷だ懐かしー」と三鷹に行くのに四谷を通る時点で間違っていたのに。すぐに折り返して、三鷹からはタクシーに乗って間に合った。スーツケースを引きずりUNITÉに入ると、いた、ほ、穂村弘……。これまで何度か遠くから目にしたことはあれど、今日はまっすぐにわたしを見ている。見られている。うう、この、なんという現実の圧倒的穂村弘感……（いやだってそのひとはまごう方なき穂村弘）。

トークが始まってからも、その圧倒的穂村弘感に完全にやられてぼんやりしてしまい「で、どう？」などと不意打ちを食らっては、あばあばと泡を吹くばかりで面目なかった。ただ恥を晒《さら》してしまっていっそ消えてしまいたかった。けれど現実としては一応イベントはつつがなく終了、という感じでお客さんとお喋りしつつサインしたり、連載担当の小宮さんにもご挨拶できてうれしかったし、何よりこんな自分に会いにきてくれたひとがいて、本当にただありがたかった。おおかたお客さんが帰った後も、残った編集者数人と穂村さんと自分とが談笑しているという不思議さに、ずっと頭が追いつかなかった。穂村さんが「一気に売れる本より、ずっと細く長く読まれる本がいいよね」と言っていて、改めてわたしもそういう本作りをしていきたいと思う。穂村さんがそう言っていたことがうれしかった。わたしも、それが一番いいと思うから。

北尾さんユニ森さんと、喉を潤すべく三鷹駅前の居酒屋でビールを飲む。今日の北尾さんは、元気がないとまで言わずとも、いつもよりローテンションなことが気になった。わたしのイベントでの振るまいがいまいちだったのか、いや、会ってすぐにそう感じたので、こんなお盆休みど真ん中に、というテンションの低さだったのか、でも本人にお忙しいのにお付き合いさせてごめんなさい、と謝ったりどうしたんですか、と訊くことはしなかった。ユニ森さんの近況を聞きつつ、緊張から解放されて飲むビールの、まあ美味いこと。

夜、アンパンマンミュージアムに行ってい

た夫、子ども、両親、と地元の寿司屋で合流、ずっと行ってみたくて今回母にねだった高級寿司だったのに、まだふわふわした気持ちでしっかり味わえず。でも、この場を楽しんで酒を飲んでいる父や、まだアンパンマンミュージアムに興奮冷めやらぬ子どもを見ている、それだけでお腹も胸もいっぱいになるのだった。いまの自分には、ぜんぜんそれでいいのだった。

8／17（木）

今日からの移動やそれに伴う行程を考えてか、あまり眠れず。そしてすぐにお腹を壊す。今日は、義姉宅に泊まっている夫と東京駅で合流する予定。子どもを連れて、かつ片手にはスーツケースを引いて混み合う東京駅までたどり着けるか心配だったが、意外にも大人しくしてくれてスムーズに夫ともホームで落ち合うことができた。

さて、今回の帰省ではやぶさに乗ることを何よりの楽しみにしていた子ども、逸《はや》る気持ちでとにかく「はやぶさ乗ろうよ」「はやぶさまだ？」と急かす。「駅弁選び」こそが旅のピークと言ってもいい、こっちはそのくらいの熱量なので、ほとんど子どもを無視しながら弁当を吟味、というか隅から隅まで凝視する。オーソドックスかつこまやかなおかずの入ったもの、今回選んだのは「銀だら幕ノ内」。子どもははやぶさ弁当、夫は天むす弁当。やっと乗り込んだはやぶさ（の外見の、ほんとうには「やまびこ」）でビールを開ける。新幹線のなかで駅弁を広げて酒を飲む、これで旅は完成と言ってよい。あとはもうどうであれ、これで十分なのだ。

おそらく7年ぶりに訪れる花巻は、そのローカルさから言えば山口と変わらないはずなのに、どこか寂しい感じがするのはなぜだろう。畑も、町並みも似ているようで、やはり空気感が違う。山口にはない繊細さというか、寂寥感は何に由来するものなのか、毎年の厳しい寒さだろうか。そんなことを温泉までのバスの道中、夫と話した。まだあれは学生か、いやもうわたしは働き始めていたのか、夫は大学院生で、20代半ばに2人で花巻、盛岡に来たことがあった。その時泊まった大沢温泉に今回も泊まることに。相変わらず迷路のようで、子どもは終始楽しそうだった。湯治宿ということで温泉もよく、夕飯の大盛りの蕎麦、天ぷら、お刺身もすべて美味しくて、ちょっとのビールと日本酒で大満足なのだった。

ただ、扇風機しかない真夏の夜は寝苦しい。天井を見つめながら、自分はひとより自信がないし、と話すと「自信のなさって、あんまりみんな差はないんじゃない」と夫に言われ、たしかにそうかもしれない。もしかして、みんな自信のないなかでもがいているのか。もがいていることを悟られまいと、みんなのその笑顔は作り笑顔なのか。みんな苦しくて、でもみんな生活しているのか。みんな、と言ってしまうときの、その誰でもなさ。誰も指すことのできない、曖昧さ。見つめてもただ暗いだけの真夏のこんな非日常の天井、子どもはお腹を出したまま眠り、夫もいつの間にか眠り、そうか、みんな自信、ないのかな。わたしだけじゃなかったのか。

8／18（金）

朝、義母が温泉まで迎えに来てくれて、花

巻のおもちゃ美術館へ。同系列の美術館は山口にもあるが、段違いの充実ぶりであった。チケット購入時に、夫が率先して支払うのを見て、なんで義母に甘えないのだろうとすかさず思う。だって、ここよりよっぽど高価なアンパンマンミュージアムに、今回の帰省で（わたしの両親に）連れて行ってもらおうよ、と言い出したのは夫で、わたしもそれでいいと思っていたし、帰省するというのはつまり親に甘えることだとさえ思っている。なのに、なぜ夫は自分の親には甘えようとしないのだろう。そのことに、そんなちいさなことにわたしは苛立ちを感じてしまって、上手く子どもとの遊びに集中できなかった。こんな狭量なこと、もちろん夫には言えない。なんでお義母さんに払ってもらわないの？　でも、どうしても自分の親が下に見られたような、大事に思われていないような、そういう気持ちになってしまったのだった。心が狭い、吝嗇《りんしょく》、思ってしまったその暗い気持ちを反芻《はんすう》しつづけて、きっとものすごく醜い顔をしていたことだろう。こういうときに、すごく落ち込む。昼食のマルカン食堂でもやはり夫が支払いを済ませ、なんなのだろう、この徹底ぶりは。こんなこと、友だちにも言えない。自分は、なんて心が狭いのか。いやらしいのか。いや、むしろ夫は義母に遠慮しているってことなのだろうか。２人の会話もあまり入ってこない。でも、義母はわたしが本を出していることも知っているはずなのに、というか本は渡しているのに、「本は読むの？」と訊かれ、何をどこまで説明したり話したりすればよいか迷ってしまう。曖昧に頷いて、このディスコミュニケーションを虚しく思い、それだって普段から会話を交わさないのだからやむを得ないことで、自分のことを知ってほしいならわたしから連絡を取るべきで、でも義母はそれを望んでいる？　そもそも夫と義母の間の距離感を考えれば、これ以上わかり合ったり、仲良くなることはいまからではとてもとても、難しいことなのではないか。第一山口と岩手じゃ遠すぎる。もっと頻繁に会うことができれば、関係性は変わるのかもしれない。

夜は、義母が煎餅汁《せんべいじる》やハンバーグを振る舞ってくれた。正直腰が重かったが、台所に立つ義母のもとへ、わたしもやります、と包丁を持って煎餅汁の野菜を切ったり、即席で整えてもらったアイロン台で料理の手伝いをした。義母の料理はしみじみおいしく、それをおいしく食べられることがうれしかった。義父はわたしたちの会話には微笑むばかりで加わろうとはしないが、子どもの扱いはすこぶる上手く、気づけば子どもがげらげら笑っている。二人は牧師であり、住まいも教会と隣接している。その横には幼稚園があり、義父はそこの園長先生なのだった。「気づけばいつも子どもたちが群がってるのよね」と義母。なるほど、と納得する。

8／19（土）

朝一で近くの県立博物館へ。恐竜の骨格模型や動物の化石、標本を見て回る。子どもはどれも怖がって抱っこをせがんできたが、まだ博物館は早かったかもしれない。壁に貼られた地球史カレンダーというものに目が留まる。「45・5億年前の地球の誕生から現代までの時間を一年間に縮めて、長い地球の歴史を振り返ってみましょう」とある。地球の誕生した日を1月1日とすると、人類が登場したのは、12月31日の、ほんの数時間、いや数秒、あるいはもっと細切れの時間、ということになるらしい。それをまた拡大して、ひとりの人生という時間を考えたときの、そのあっけなさ。あっけない人生をみんなが生きて、その懸命さや怠慢は、きっとどこにも残らない。地球史的には無に等しい時間を、わたしたちは生きている。その途方もなさと、だからこその尊さに、おおきな円を描くカレンダーに向きあったまましばらくぼーっとする。

2階の昔遊びコーナーに七夕飾りがあって、興味深いのでいくつかメモした。「プロゲーマーになりたい」「星になりたい」「かぞくがはなればなれになりませんように」「I hope that we can solve global warming and world peace before its too late.」「えだまめがむげんに食べられますように」「ゆうととずっといられますように　みさと」「みさととはやく別れられますように　ゆうと」

念願のぴょんぴょん舎で盛岡冷麺、焼肉。あれよと出発の時刻になり、義母義父にホームで手を振る。暑いなか、ずっと手を振ってくれた。義母は涙ぐんでいるように見えた。ありがとう、という気持ちとやっぱり難しい、という気持ち。でもいまは、ありがとうのほうがちゃんと強い。ほんとうは、もっと話を聞いてあげたい。なれるのなら、仲良くなりたい。

東京では、最近結婚した友人夫婦としばらくぶりに会う。ガストには本当に猫のロボットがいて、マイペースに仕事をしていた。通路が狭くて通れないときには音や光を放って周囲に助けを求める。友人は妊娠しており、そのことを知らずに先日の誕生日祝いにわたしはどーんと日本酒を送ってしまったのだった。もしかして、という予感は感じながら、こういうときの自分の無神経さ。ごめんね、と言うと料理に使えるからさ、と友人は優しかった。

駅までの道に丸善を見つけ、自著があるかチェックするが、ない。同じレーベルの僕のマリさん、マリヲさんの本はあったので、売り切れているのだな、と思うことにした。慌ただしい行程をなんとかこなし切ることができて、安堵。帰りの飛行機はほとんど揺れなかった。

このがめつい音

最後の音までを、一度もミスタッチなく弾き終えられたことがない。

何かの比喩ではなく、ピアノのはなしである。札幌に暮らしていた幼稚園の頃、仲良しの子が高速でネコ踏んじゃったを弾く姿に憧れて、近くのピアノ教室に通い出した。その後、生まれの神奈川に戻ってきてからも、他の教室を見つけてまたレッスンを再開した。「一度始めたらな、辞めたらあかんで」と父に言われていたからだった。本音を言えば、毎週課される練習曲に早々に飽きていたのだったが、辞めることができなかった。父のせいである。そうして長くつづければつづけるほど、辞めることさえも面倒になり、結局20年近くピアノのレッスンに通いつづけた。休んだら月謝がもったいない、ということで高校3年の受験時も、翌年浪人した1年もほとんど休まなかった。けれど決して、情熱があったわけではない。なんなら惰性でしかない。レッスンに行く前の30分だけピアノの前に座り、ぽんぽこ鍵盤を叩くだけ。

そんな体たらくではむろん、上達するはずなどなかった。父とて、もう辞めさせてもいいのではないか、と本音では思っていたはずなのに「辞めてもええねんで」と囁くことはなかった。

長調のどんなに明るい曲であっても、わたしの弾くピアノは臆病で、いつも不安げだった。沈んだ音色の響くリビング。けれど、「うるさい」「下手くそ」などと家族に文句を言われたことはなかった。むしろ、かなり気を遣われていたのかもしれない。猫すら黙っていた。

こんな下手なわたしにも年に一度、発表会という機会が与えられた。見栄だけは一人前で、ショパンの「別れの曲」だとか、リストの「愛の夢」だとかを弾きたがっては先生を困らせる。「今度こそは真面目に練習します」と大見栄を切ってなんとかやらせてもらっていた。なかなか健闘したのではないか、と思う年であっても、一度たりともミスタッチなく弾き切ることができたことは、ない。終わって舞台袖に戻ると、必ず先生に「あそこ、やっぱり間違えちゃったね」と鋭く指摘された。

しかもそれは、思い返してみれば発表会本番に限ったことではないのだった。ちょっとした練習曲であったとしても、何かの曲を、通しで間違えずに弾き終えられたことがない。なのに、20年もつづけてしまった。あの20年はなんだったのだろう。ただひたすら自分の怠慢さをじわじわと感じつづけた長い年月。継続とは惰性なり、というのが、おかげでいつしかモットーのようになってしまった。

いまでもたまに、ピアノの夢を見る。いまはもう譜面を見ずに弾ける曲などはなく、鍵盤に指を置いたところで、弾けるのはネコ踏んじゃったくらい。だが、夢のなかのわたしはかつて発表会のために練習した「別れの曲」を優雅に弾いている。思えばネコ踏んじゃったは、幼稚園のオルガンですぐに弾けるようになったのだから、もう、それで十分だったのだ。早くに見切りをつけて、いま励んでいる文筆方面や、後に好きになる絵を描くことを伸ばすことができていたら、違った未来が開けていたのではないか、いや、自分を買い被りすぎかもしれない。

ピアノを本当に今度こそ辞めようかどうか悩んでいた大学生のある時期に、短歌に出会った。

短歌は、とても身近だった。なんせ母が先にやっていた。

母が短歌を始めたのはわたしが高校生の頃だったと思うが、ある日ダイニングに見たことのない冊子が置かれているのを発見した。そこまで厚みのないA5のそれ。表紙いっぱいに写実的な満開の白百合の絵があった。そして「心の花」というおおきな明朝体。ああ。新興宗教だ、と合点した。本気でそう確信したので、当時は怖くて訊けなかった。まあいまのところ母は変わった様子もないことだし、と知らぬふりを決め込んだ。

母が始めたのは新興宗教ではなく短歌であったこと、「心の花」が明治期からつづく由緒ある短歌結社であることを知ったのは、大学生になってからだった。ちょうどその頃に母から穂村弘のエッセイを何気なく勧められて、そこをきっかけに『短歌という爆弾』や『短歌があるじゃないか。』などを読んで一気に引き込まれた。わたしがそれらを熱心に読んでいるのを見ていた母は、「私もやってるんだよね、短歌」と言った。もう何年も前からやっていたはずなのに、初めて母の口からそう聞いた。

穂村弘と、母。それが短歌をはじめたきっかけである。

それで、せっかくならと同人の「かばん」に入ることにした。当時夢中になって読んだ穂村弘や東直子に憧れて、というあまりにありふれた入会理由である。入ったはいいが、後はやることといえば歌を投稿するか、月一の歌会に出るか、くらいのものだった。結局、東京にいる間、歌会には数回しか行かなかった。歌会に出なければ、当然誰かと仲良くなることもできない。わたしには、短歌の友人がいなかった。当時主に東西で盛んだった大学短歌会の活動を憧れのものとして眺めながら、短歌を勢いで始めたものの、どうしたものだろうとくすぶっていた。

このままでは、と思って一念発起して参加したかばんの30周年の記念イベントでは、大学の哲学科の友人たちを誘って詩や短歌や評論の同人誌を作って持参した。そこで初めてまともに穂村弘をこの目で見、手弁当で作ったホチキス留めのその同人誌をほとんど押しつけるようにして渡したのだった。でも、それだけ。

たまにぽつぽつと、他の同人誌に呼んでもらえることはあったが、歌会後の居酒屋で短歌談義に花を咲かせるだとか、短歌合宿だとかそういった青春は存在しなかった。むしろ居酒屋なんて行かなくとも、提出された一首一首について時間をかけて丁寧に読み解く歌会自体が本来は刺激的で何より楽しい場であるはずで、けれど勇気が出ずに行かず仕舞いだった。いつしか「かばん」への投稿もとぎれとぎれになり、短歌は実作よりも、読者として歌集を楽しむことのほうがメインになってしまっていた。

そんななか、毎年新人賞に応募することだけを、短歌をやっていると言えるよすがとしていた。30首や50首の連作を唸りながら作っては応募する。発表の時期になると必ず、ああ今年こそ受賞するかもしれない、と思ってはそわそわし、そして毎度思いっきり落ち込んだ。だいたい短歌の新人賞の応募数は500前後だと思うが、小説なんて、優にその10倍はあるだろう。こんなに母数の少ない短歌でだめなら、もうきっと何をやったってわたしなんか見出されることはない。そう思って才能のなさを悔いた。そんなことを10年近くつづけている。もう潮時か、と今年は集大成として300首の賞に出したが、それもあえなく落選した。よくも懲りずにつづけたな、と自分でつくづく感心する。

結局はピアノと同じなのかもしれない。わたしには、短歌の才能など、まるでなかったのだ。いや、下手なまま、つづける才能だけがあったのかもしれない。ピアノは、正直そこまで好きではなかった。短歌も、じつはそうなのではないか。でも、好きでもないのに、切磋琢磨する友人すらいないのに、それでもつづけている。継続は惰性なり、あの言葉が蘇る。

絶望的に重くて堅い世界の扉をひらく鍵、あるいは呪文、いっそのこと扉ごと吹っ飛ばしてしまうような爆弾がどこかにないものだろうか。一本のギターを手に取ったことで、世界が変わる人もいるだろう。だが、ギターさえ、その手に重すぎる人間はどうしたらいいのだろう。経験的に私が示せる答えがひとつある。それは短歌を作ってみることだ。(『短歌という爆弾』穂村弘)

たしかに、短歌でなくてもよかった。たまたま何か表現したい気持ちが飽和していた時期に出会ったのが短歌だっただけだ。母が始めていたのが俳句だったら、俳句をやっていたかもしれない。身近な表現方法を、とにかく探していた。でも、当時わたしはたしかに、この穂村弘の言葉に勝手に勇気づけられたのだった。ブログに現代詩(のようなもの)を書いて、書いてはなんだろうこれは、と首をかしげてうつむきながら、詩はあまりに広大だった。手に余るどころか、そのまま溺れてしまいそうだった。ほんとうにはわたしは何がしたいんだろう、何が書きたいんだろう、と鬱屈としながら、「短歌って爆弾なのかよ」と21歳のわたしはつぶやいた。でも、そう書かれてあることがうれしかった。

「なぜ、短歌なのか」に一言で答えることは難しい。でもそれは何かをつづける誰にとっても、答え難い質問なのではないか。きっかけはあまりにささやかだったりする。けれどたとえば、もし短歌をやっていなかったら、とかんがえれば、途端に胸のあたりがすーすーするような気がする。いま自分に短歌がなかったら、なんて想像するのがまず難しい。それくらい、なくてはならない、というより生活に短歌があることが当たり前になっていると言えるかもしれない。

わたしの短歌は、世界の扉を叩き壊すことはなかった。でも誰かの歌が、長く自分のなかに留まりつづけることがある。短歌は取り出せる。連れてゆける。詩や小説の一部を同じように取り出すことはできるが、短歌はその点、完結している。でも俳句はわたしには短くて、ちょっとかっこよすぎた。たとえば「秋茄子を両手に乗せて光らせてどうして死ぬんだろう僕たちは」（堂園昌彦）という短歌を何度もあたまにめぐらせて、ぼんやりベランダの外を眺めることがある。そういう短歌が、わたしのなかにいくつもある。

思えば、「かばん」の新人特集号の自己紹介の欄にまで、わたしは「いままで一度もピアノを間違えずに弾ききったことがない」と書いたのだった。ピアノは自分のために、まったくためにならない自分のために、弾いていた。短歌も同じように、自分のためにまずは作る。けれど作れば誰かに読んでほしい、とじわじわ思う。ピアノは誰かに聞かせたいだなんて思わなかったのに、不思議なことだ。読んでほしい、どころかこの世に長く残ってほしい、とまで思うこともある。なんなんだ、急に傲慢だ。才能がない、と思いながらつづけたくせに、ピアノにはない自信が短歌にはあるのだろうか。そんなふうには思っていないはずなのに。でも、その傲慢さこそが、わたしの表現欲求の根底にある揺るがしようのない何かなのかもしれない。

読んでほしい、残ってほしい、と思うだけ思って黙っている。短歌はどんなに叩いても鳴らないから、いい。わたしが叩く鍵盤はひどい音がするから。短歌は、ただそこにある。あたまのなかでその言葉をゆっくり反芻するときにだけ、わたしの声でそれはやってくる。聞こえるのは、臆病で不安げな音ではないはずだ。もっとがめつくて、がちゃがちゃしている。でもそれでいい、いやそれがいいと思う。

そのとき書きたいことだけを

日記の話がしたい。けれど日記の話をする前に、日記とは関係のない話がしたい。

まだ実家に住んでいた大学生の頃のこと、なんとなしにキッチンの引き出しを開けると、そこには昔母がスクラップしていたレシピのファイルがあった。2穴ファイルに雑誌の切り抜きや、手書きのものも雑に綴じられている。こんなもん置いてたってもう見ないでしょ、と思いながらぱらぱらぱらめくっていると、ふと手書きレシピの裏に、いくつもの名前がメモされているのを見つけた。綾香とか愛美、とか女性の名前のなかに「静香」といまの自分の名前がある。これは、名づけのメモだ。まだ自分が生まれる前に、母が書きつけたメモが残っていたのだ。

わたしは、あのなんでもないメモのことがずっと、忘れられない。

自分のことが、いや自分を思っていた母のちょっとした時間がそのまま筆跡として残っているのが、わたしはとてもうれしかった。もしかすると、これがわたしにとってこの世で一番の宝物なのではないか、とさえ思った。わたしが知りようもないそのときのことを思うと、それはどこまでも尊いように感じられるのだった。

こんなに恵まれているのに、とあたまではわかっていながらやっぱりわたしはわたしの人生をそれなりに呪い、一度でさえ母に生んでくれてありがとう、だなんて伝えられたことはない。思っていないわけではないけれど、やっぱり生んだのはそちらの勝手だといまでも思う。でも、それとは別に生まれてくるわたしのことをきっと祝福してくれていたことが、どうしてもわかってしまうから、あのいくつも並んだ名前を思い出すたびに、どうしようもなく、わたしは肯定されてしまう。生まれてきてくれてありがとう、だなんて言われなくて全然いい。わたしには、あれがあるだけでいい。

この話が日記とどう繋がるのかと問われれば、自分でも首を捻《ひね》らざるを得ない。母のメモは残そうと思って残ったものではない。たまたま残っていた。日記はつけるものとして、書かれた時点で半分は保存の役割を果たしている。

そもそもわたしにとって初めての日記は、交換日記だった。

小学4年の冬、その頃仲良くなり始めたYさんから「ふたりで交換日記やらない？」と誘われた。交換日記なるものは、それこそ小学生になって以来何度もやってきたが、3人以上で回すのが常であった。そしてそのどれもが、数ヵ月で頓挫《とんざ》するのだった。友だちから返ってこなくなることもあったし、自分が止めてしまうこともちろんあった。

ふたりでやるのは初めてだ。いままでつづけられなかったのに、ちゃんと1冊完走することができるだろうか。始めるからには、ちゃんとつづけたい。そう覚悟を決めるまでにちょっと迷ってから「うん」と返事をして、放課後連れ立って近所のデパートの文具売り場で、一緒にノートを選んだ。お互いの名前の一文字ずつをとって、そのノートは「かよちゃんノート」と名づけることにした。

かよちゃんノートは、じっさい10年以上つづいた。ノートは結局全部で何冊になったのだったか、とにかくわたしたちは中学生になっても、高校生になっても、おまけにその後も細々と交換日記をつづけたのだった。小学生の頃のかよちゃんノートはまだ幼く、もちろん日々クラスで起こる人間関係のあれこれについて記されてはいるが、それはほとんど独り言のようなもので、「どう思う？」などとどちらかが投げかけても、相手はろくに返事していなかったり、適当だったり、つまりそれぞれの日記が独立してある、という程度のものだった。次に遊ぶ予定を立てたり、自分でランキングを作ってみたり、頁をぜいたくに（あるいは無駄に）使ってたくさんイラストが描かれていたり、ほとんど落書き帳である。とにかく自由なそのノートのなかで、わたしたちは楽しそうだった。

それが、同じ公立中学に進む頃には、主に恋愛のさまざまな悩みについて、お互いが相手にとことん付き合うようになる。毎回何ページにもわたってその応酬はつづき、しかも数日毎に交換していたので、とにかく隣のクラスのわたしたちはかよちゃんノートを書いては渡し合った。思えば登下校も一緒、塾も同じ、あんなに毎日会って話していたのに、それとは別に、わたしたちは飽きずにノートを交換しつづけた。「かよちゃんは？」「ごめん、明日渡す！」「これ、かよちゃんにも書いたんだけどさ」「かよちゃんで言ってたあれ、ほんとはどう思う？」そんな風にわたしたちの会話のなかには、常にかよちゃんノートが存在した。

いま思えば、わたしたちの間には「かよ」がほんとうにいたのだと思う。

Yさんと永らく親しい友だちでいられたのは、あのノートがあったからだ。いや、わたしたちの間に、もうひとりの友人「かよちゃん」がいてくれたからだ。小学生のノリでつけたノートの名前に深い意味などなかった、と当時は思っていたけれど、わたしたちはほとんど3人でずっと一緒にいたのだと思う。わたしと、Yさんと、かよちゃん。『アンネの日記』のなかでアンネがいつもキティーに話し掛けたように、わたしたちはお互いに、「かよ」を通して悩みを打ち明けた。思春期の、こころがいつでもぐちゃぐちゃな毎日に、ふたりがいてくれたことが、自分にとってどれだけ支えになっていたか、はかり知れない。

それでも、どうしてもまだ自分のなかだけに留めておきたいことは、ひとりの日記に書きつけるようになった。当時はそれを「日記」と呼んでいたわけではなかったが、そこには日付がきちんと記されて、その日に自分が感じたことが、書かれてあった。好きなひとのことは、なぜこうも好きなのだろう。好きなひとは、なぜ自分を好きではないのだろう。そんなことばかりが、くり返し書かれている。自分がそのひとを好きでいることのみに満足できず、同じだけ好きになってほしくて、そんなの簡単に叶うはずもなく、ずっとそのことに苦しみながらも、けれどそこに挿入されるようなかたちで日々起こる楽しいことも、同じだけうんざりすることも、あらゆる感情がそのまま残っている。

その日記は、いまもつづいている。妊娠がわかってからは、それまで気まぐれに書いていたものを、毎日欠かさずつけるようになった。主に感情の吐露のためのものだったそれは、妊娠から出産、育児を経て「記録する」という面が強くなった。妊娠はわかったものの、検診は月一度で胎動もまだなく、不安な日々のこと、つわりの症状、初めての胎動、そして名づけ。生まれる数時間前の陣痛の辛さ、生まれてからの怒涛の日々。そして、それと並行するように自分の感情もあらわれる。夫への怒り、育児への不安、創作への焦り、野望、他の書き手への嫉妬、そんなものが織り交ぜられている。

ずっとつづけてきたことだから、日記の文体は中学生の頃からほとんど変わっていない。「まじで不安」「最高すぎる」「意味ぷーさん」そんな語彙《ごい》ばかりが並ぶ。でも、自分だけが読むのだから、気取る必要もない。字は汚いし、読み返して判読できないこともままある。そのとき思ったことを、思ったまま書く。けれど、すべてを書くわけではない。書けないこともある。書いたらしんどい、と思えばただ、その日の天気と、食べたものだけを書く。

「日記は　今書きたいことを書けばいい　書きたくないことは書かなくていい　本当のことを書く必要もない」（『違国日記』〈1〉ヤマシタトモコ）

ふと、ペンの勢いが止まるとき、わたしはこの漫画の場面を思い出す。両親の事故死をきっかけに叔母槙生《まきお》と暮らすことになった中学生の朝に、槙生が日記を書くことをすすめるシーン。きょとんとする朝に、「書いていて苦しいことをわざわざ書くことはない」と槙生はつづける。そうなのだ。これさえこころに置けば、日記はわたしに寄り添ってくれる。わたしの味方でいてくれる。いま書きたいことを書けばいい、書きたくないことは書かなくていい、そして、本当のことを書く必要もない、と。

辛くても、書けばそれは文字としてそこにあらわれる。書けば、気持ちは整理される。でも、まだ整理してしまいたいわけではない。まだ認めたくない感情がある。槙生の言うように、書かずにおくことを優先することができるようになったのは、大人になってからだ。だから、中学生や高校生の頃の日記には、よく涙の跡が滲んだ頁がある。辛くても書いたんだな。ばかだなあ、けなげだなあ、と思う。でも、こうして涙の跡まで残ってしまうのだから、ちょっと笑ってしまう。

いまもつづける日記はいつか子どもが読んでもいい、といっぽうで思ってもいる。もちろん自分から見せるようなことはしないが、わたしは書きたいことだけを書いているから、見られたとてそこまで気にはならない。わたしがふと、母の名づけの筆跡を見つけたときのように、子どもがわたしの知らぬところで、この日記を発見するかもしれない。もし、育児日記を別につけていれば、堂々と見せてあげられたのだろうが、あいにくわたしの日記はぐちゃぐちゃだ。初めて子どもが歩いた日のこと、夫のちょっとした言動への苛立ち、自分の本が出ると決まったときのこと、今日の体調、新人賞落選への悔しさ、スーパーのレジ接客への愚痴、子どもの口ぐせ、来週の献立案。全部が混ざったそれを、きっと子どもは、というかそんなものは誰も読みたがらないだろう。でも、それでいい。

どこまでいってもわたしはひとりで、でもわたしはわたしに、話しかけている。中学生のときと同じ言葉遣いで。同じノリで。まじでありえないんだけど。わけわかめ。え、なんで？　めっちゃうれしい、どうしようどうしよう、どうするこれ。そんなふうに、感情の機微とも言えぬ、それはたいてい爆発で、大げさで、でも誰も読まないからいいのである。読むのはいまと、もうすこし先のわたしなのだから。書きたい時に、書きたいことを書けばいい。書きたくないことは、書かなくていい。それだけを守って、わたしは汚い字で、ずっと変わらない言葉遣いで、わたしのために書いている。

聞こえない雨の音

「ほんとうは、自分なんか黙ってりゃいいのにな」とよく思う。声を大にして伝えたいことなど、初めからないはずなのに。

まわりの華々しい活躍が悔しくて、悔しさをエネルギーにしてわたしは書くようになった。

なんでこんなにあることないこと、書き散らしているのだろう。いや、ないことは書いていないつもりだ。わたしに起きたことを書く。わたしが思ったことを書く。でも、そんなの誰も聞きたくないんじゃないか。お前の話なんか知らねえよ、という突っ込みを、ほんとうには聞こえるはずのないその言葉をつねに抱えている。

選んだのがエッセイと短歌だからなのかもしれない。

基本的にどちらも一人称の表現形式だから、「わたし」のことなのである。あ、あなたにそんなことがあったんですね、そのときそんなことを思ったんですね。そういったん読み手は受け取るだろう。でも、改まってそう指摘されたらどうにも、居心地が悪い。短歌はまだ定型詩であるから「わたし」というひとりは（作中主体と呼ばれたりする）一応その31文字の器に収まっていると言えそうだ。

でもエッセイはどうしても、やっぱりわたしのことなんだよな。書かれたわたしは隠れられない。隠れたいわけではないし、ごまかすような素ぶりなんて必要ないはずなのに。べつにそんな大したことを言いたいわけではなくて。ただ思ったことを書きたくて。手っ取り早いのがエッセイだったわけで。誰に問いただされるのでもないのに、こうして御託を並べてしまう。

小学生の頃、国語の授業でリレー小説を書いたとき、「こんなにめちゃくちゃに書いたら次の人が困るでしょう」と先生に怒られたことがあった。それほど、書くことはむしろわたしにとっては難しいことだった。どんな内容だったのかは覚えていない。とにかく、いつもはやさしい先生があきれるほどの出来だったのだ。

だいたい、文章を書くにあたってのちょっとひととは違う視点、あるいは感性をわたしは持ち合わせていなかった。

「雨ってほんとテンション下がるわー」と、高校の教室でなんでもない愚痴をこぼしたとき、「でもわたしは部屋で雨の音聞くの、けっこう好きだなぁ」と友人がつぶやいたことが忘れられない。え、雨だよ？　不快じゃないの？　そんなふうに思えるんだ。たしかに雨に濡れるのが嫌、ってめっちゃ短絡的。完全にやられた。こういうひとがきっと物書きになったりするんだろう、とぼんやりと、けれどはっきりそう思ったのだった。


それでも、いまこうしてわたしは書いている。他の書き手への嫉妬心だけで本が出せるなんて思わなかった。そんなことってあるのか。なぜ書くのか、書けると思ったのか。自分でもわからないまま、気づけばここまできてしまった。

話すことが苦手だったからだろうか。なんとなく、書き手は聞き上手な印象がある。たしかにわたしも聞き役に回ることが多かった。

けれど実はひとの話を聞くのもそんなに得意ではない。たとえばラジオも落語もお笑いも、ずっと好きになれない。みんなが好きだというそれらを聞こうとしても、どうにもうるさいと思ってしまう。

まだ夫と恋人同士だった頃、あまりに夫がおしゃべりなものだから、わたしはほとほと嫌気がさして「そんなに自分ばっかり話さないでよ……」とさめざめ泣いたことがある。恋人はきょとんとしていた。きみが話してって言うから。そう、話すのは苦手だったはずなのに。でも好きなひとにはちゃんと聞いてほしかったのだと思う。じゃあどうぞ、といざ向けられると、たちまち自分ばかりが話すのは悪い気がしてしまう。もう自分がよくわからなかった。


夫の顔面にはちょうどいい位置にほくろが4つあって、それらを星座のように繋ぐときっちりと長方形があらわれる。ほほう。気づいたときにはこころのなかで感嘆の声が漏れた。そうやって、いつのまにか誰かが話すときには、そのひとの話をよく聞くふりをして、ほかのことをかんがえるようになった。かんがえながら、そのひとのセーターの肘のあたりに多くある毛玉をじっと見つめている。そのひとの背後の滲むような窓越しの夜空を見ている。

よく聞くかわりによく見るようになった、のかもしれない。

ひとの話を聞きながら、自転車を漕ぎながら、そこに留まるもの、通り過ぎていくものをわたしはよく観察しようとした。今日は曇りで、でも冬とは思えないくらい生ぬるくて、こういう日には洗濯物はどれくらい乾くのだろう。銀杏《いちょう》ってこんなに鮮やかな黄色なのか。床屋のあのサインポールってこんなに回転、速いのか。目に映るものから、なんでもない記憶が掘り起こされる。子どもの頃、家族で毎年銀杏拾いに行ったこと。その話を、付き合っていた頃の夫にしたこと。見ればだしぬけに、わたしは何かを思い出す。

書くことは、だからわたしの場合生活と地続きである。というか、生活のなかにある些細なことしかわたしに書けるようなものはなかった。エッセイってそういうもんだろう、という気もするし、やっぱり「誰がお前の話なんか聞くのか」という自分の声も同時に聞こえている。

わたしには特別なものは何もない、と思えば思うほど、些細なことにも目を凝らし、そこから浮かぶ感情の上澄みのようなものから、底に沈む澱《おり》のようなものまで、浅く深く、とにかく掘り起こそうとした。

書いていない時間も、ずっとかんがえようとする。目に映るもの、起こること、それについて思うこと。すべてを取り込もうとして、気づけばどんどん自分のなかへなかへとはまり込む。色褪《いろあ》せたはずの記憶をひっくり返して感情をゆすり、そのたび悔しくなったりかなしくなったりした。でも、過ぎてしまった誰かの表情を無理に取り出すことはできない。すると自分だけが過去に捉われるような、暗がりに置いていかれるような心地になる。

ふとしたことから呼び起こされる過去の出来事にこだわるものだから、一緒に暮らす夫にも些細なことで突っかかってしまう。

いつだったか、テレビで鳥人間コンテストを見ていた。「去年見たときはさー」と夫が言うので「え、去年は見てないよ」とすかさず遮《さえぎ》る。うそ、見たんじゃない？　だって覚えてる気がする。気がするだけでしょ、一緒には見てないよ。などと、どんなに些細なことでも自分の記憶の正しさを主張しようとする。なんだかまずいんじゃないか。いまのわたし、なんかおかしいんじゃないか、とそのときようやく気づいたのだった。

「ほりさんはもっと外に出たほうがいいですよ。色んなところに出かけて、そこであったことを書いたらいいですよ」とちょうどその頃に言われたことを思い出す。己《おのれ》の感情を反芻《はんすう》することで、苦しくなっていた。内省すればいいってもんでもない。この状態のまま書きつづけるのはきっと健康的ではない、と感じていたときだった。わたしはそのひとを助手席に乗せて、高速道路を走っていた。「思ったより運転上手ですね」と言われ、やっぱりあんまり期待されてなかったんだ、と笑ってしまう。

あたまばかりをぐるぐる回転させて、身体はぎくしゃくしているから「運転が下手そう」と思うのも頷ける。声がうまく出ない。身体がぎこちない。見つめて、思って、かんがえて、どんどん自分のなかへなかへと入り込んで気づけば身動きが取れなくなっている。そういう状態のわたしのことを、多分そのひとは見抜いていたのだろう。押しつけるようなアドバイスというよりは、その言葉は素直なつぶやきとして、自然と自分のなかに入ってきた。前を見たまま、「そうかもしれないです」と返した。

やっぱりわたしには初めから、どうしても伝えたいことなどない。たいした経験もせず、流されるように生きてきただけだ。それなのに、書こうと思ってしまった。活躍する知人への異常なまでの嫉妬心だけで走りだしてしまった。特別なものなど何も持っていないのに。なんで、自分も書けるだなんて思ってしまったのだろう。

わたしなんてほんとうは黙っていればいいのだ。静かな部屋に充ちる雨音を好ましく思えるような感性が、だいたいわたしにはない。あの日の彼女にはかなわないのだから。けれどふしぎなことに、こうしていまも書いている。これでいいのだろうか、というためらいと、これでどうだ、という気負いをずっと従えながら。そう、ほんとうはずっとわたしにだって書ける、と思っていた。そんな自信、どこから湧き出るのだろう。ここまでくるともうわからない。もはや温泉なんじゃないか。気づけば出どころのわからない熱湯が長いこと、吹き出しつづけている。

これからも、たぶん生きているかぎりいくらでも書くことはある。だって、生きているから書くんじゃないか。大げさで単純すぎるかもしれない。生きているから書く、なんて「手のひらを太陽に」の歌詞みたいだ。生きているから歌うひともいれば、踊るひともいる。わたしは、書きたい。もっと健やかに書けたらいい。自分の内へ内へと入り込むのではなく、もっとそのままを、起こったことをそのまま書けばいい。ほんとうは、ひとのセーターの毛玉なんて見つめないで、ちゃんと話を聞けばいい。聞くばかりでなく、その場で思ったことを相手に伝えればいい。いまからラジオや落語を好きになったっていい。目に映るものすべてを、自分の深くまでもぐり込ませなくていい。もっといまの生《なま》の感情を、そのまま記せばいい。長い間煮込まれてぐずぐずになった感情を無理に取り出す必要はない。

「生きづらそう」とか言われてしまうのだから、ちょっと笑ってしまう。かんがえすぎる癖はしっかり読者に見抜かれている。

そう、思い出したけれど「ほっこりしました」とか言われるとけっこう腹が立つ。ほっこりさせるために書いたわけではない。ヒリヒリしてる、っていうのもなんなのだろう。痛々しいってこと？　放っておいてほしい。なんて読者に悪態をつくほどに、書いたものは勝手に読まれる。だって書いたのだから。あなたが書いたんでしょう。ほっこりされたって、痛々しいと思われたって、ほんとうのほんとうには、いっこうにかまわない。

そうやって文句を言いながら書きつづけると思う。わからない。なにより、わたしはわたしを生きたいな、と思う。外へ出て、ひとと会って話したい。案外これで車の運転も苦手ではないが、ペダルの重たい自転車でこの平坦な町を、風を受けてのろのろ走るのがわたしはいちばん好きだ。

9／1（金）

北尾さんががんであると知り、衝撃を受ける。思わず僕のマリさんにLINE。朝、百万年書房のツイートで「今日はご報告があります」とだけあって、なんだなんだと気になっていたのだった。もしかして、倒産……？と、まさかご自身の病気のことだなんて思わなかった。今日の明け方にもらったメールには「夏休みをいただいており返信遅くなりました」とあったが、つまり入院してたってことなのだろう。先日のお盆のトークイベントの時は入院直前で、思い返せばいつものパワーというか覇気《はき》が薄いような、と感じたのだったが、そのときわたしは咄嗟にこの前出しした原稿がいまいちだったのだろうか、自分は期待されていないのかもしれない、とすべて自分ごとに回収して捉えていたのだった。もし、「最近なにかありましたか、お元気ないように見えます」と声を掛けていたら、と思う。すぐに相手の顔色をうかがって、元気のなさの原因を自分に探ろうとするのではなく、ただシンプルに「どうしたんですか」と声を掛けられるほうがずっといい。

北尾さんにはもっとずっと、近くで見守っていてほしい。書いたものを、読んでほしい。嫉妬心と剝き出しの対抗心とちぐはぐな自信を抱えてぐらぐら沸騰していたわたしに声を掛けてくれたひとだ。「堀さんと本が作りたくて仕方ないです」と初めてわたしに言ってくれた人だ。これからも、ずっとずっと元気でいてもらわないと困る。

9／9（土）

朝から保育園の運営委員会。集まったクラ

ス代表がそれぞれ自分のクラスや子どもの様子を報告し、共有する時間は色んな話が聞けて興味深い。隣のお母さんが、この夏保育園でもらった蝉の幼虫を家で育てて羽化させたという話をテンポよく話していたと思ったら、気づけば泣いている。泣ける話をしたかったわけではなさそうで、ただ子どもと一緒に蝉を羽化させられてよかったんだ、という話だったはずなのに、やっぱり話しながら泣いている。思わずもらい泣きしそうになる。そのお母さんだけでなく、話しながら「あれ、ごめんなさい」と、保護者や職員が涙を流す場面がある。悲しい話をしているわけではない。ただ、気づけばいつも泣きそうになる瞬間があって、普段は忙しさに見逃してしまいがちだが、誰かが見つけた子どものちいさくて、けれどほんとうはおおきな成長のシーンを聞かせてもらうと、もうだめなのだった。ほんとうには、目の前の子どもの一挙手一投足はすなわち子どもの成長それ自体のことであって、その尊さを目の前にしているのだ。子どもと暮らすことは、そういう尊さに直で触れることであるはずなのに、つい忘れている。忘れて、無碍《むげ》に扱ったりすげなく叱りつけたりしてしまう。だから誰かの話に、ふいに揺さぶられる。いつ溢れるか知れないなみなみのマグカップを両手で包んでいるような気持ちで、みんなの話を聞いていた。

午後、思い立って本棚をひとつ処分。すべての本を取り出し、夫と2m近いそれをアパートの3階から担いでおろし、車に積み、夫の職場の研究室まで運び入れ、その足でニトリへ行き、子どものおもちゃ収納棚を購入。元の本棚のスペースにはおもちゃ棚が並び、いままで散らばっていたおもちゃもすべて仕舞われすっきりした。やればできるもんだ、とお互いをたたえ合う。汗をかきながら重いものをせっせと運ぶという力仕事でしか得られない謎の達成感をおおいに味わう。

9／11（月）

今日から一泊で長門のリゾートホテルへ。普段床に布団を敷いているので、気分転換にと今回は洋室を予約したが、ホテルに着いて早々「水漏れがあって申し訳ないが和室に変更させてもらえないか」と謝られる。残念、としょんぼり説明を聞いていると、なんと室料を全額キャッシュバックしてくれるというではないか。えっ。太っ腹、すごい。あまり派手に喜ぶのも下品かと思って夫と静かに頷くに留めたが、その場を離れてから「こんなことある？」「やばい」「このホテル最高」と歓喜した（下品だ）。つまり夕食代だけで泊まらせてもらえるってこと？　以降どんな欠点が見つかっても文句は言えまい。

通された和室は洋室と同じようにちゃんとオーシャンビューで何も言うことがない、と思ったが窓にたくさん、これはカメムシ？うわカメムシだ、とにかくカメムシが大量に張りついている。子どもが「ここにも」「あっちにも」と嬉々として指さす。オーシャンビューの大きな窓に、たくさんのカメムシ。なんというか、現実って感じだ。

9月に入って気温はどうかなと心配したがよく晴れて陽ざしも十分、プール、海とつづけて遊ぶ。子どもの小さな浮き輪でゆらゆら海をたゆたって、それが心地よかった。波に揺られてかなり遠くまで来たけれど、遠浅なのでおだやかだった。向こうには磯遊びをする子と夫が見えて、気づけばお互いに手を振った。

夕食まで昼寝せずにハッスルしたからだろう、子どもはから揚げを2つ食べ終わるかどうか、というところで電池が切れたみたいにこてんと寝てしまった。よって図らずもボーナスタイム。外でお酒を飲みながらゆっくり食事できるなんていつぶりだろう。

バイキングの解とは、その皿に盛った料理に統一感を持たせることだとつねづね思う。ひとつの皿にやれハンバーグだ刺身だ海老チリだ、と欲望に任せて乗せるから、いざ食べる段になって全部おいしいはずなのにどこか落ち着かない、妙な気分になるのである。この皿は前菜、と決めたらサラダ、ローストポーク、カルパッチョ、など同じエリアにあるものをとにかく選ぶ。すると食べるときも脳は混乱しない。あるいはちょっと工夫して、生野菜の上にグリルチキンなどを乗せると、豪華なサラダになる。と書いていて、なんてみみっちくて貧乏性なのだろう、とかなしくなった。食べたいものを食べたいように食べるのがビュッフェの醍醐味だ、と鋭い声がする。うう。夫のてんこ盛りの皿を見ると、見事に欲望まみれのちぐはぐな料理が集まっていた。でも、夫はにこにこうれしそうだ。やっぱり翻《ひるがえ》って、こっちが正解なのかもしれない。

9／25（月）

気づけば9月も下旬で、大分間が空いてしまった。夫はこの時期になると、「呼吸が苦しい、息が上手く吸えない」と言う。高専の長い夏休みが明け、新学期が近づく憂うつさと、学会発表のプレッシャーが重なるから、らしい。確かに去年も同じ時期に苦しい、と肩で息をしていた。精神面から来るものだろうが、息が吸えなくなるなんてしんどいだろう。

午前中、なんとなく思い立ってブログを書く。半年以上空いてしまったけれど、いまこうして連載という場があって、あるいはこの書き下ろしの日記も本に入れてもらえる予定で、そうなるとどうしてもブログまでは行き着かない。でもたまに、ただブログを書きたくなる。SNSではなく、ブログやニュースレターのようなひっそりとした居場所というか書き場所は確保しておきたい気持ち。最近読者モニターになった保育雑誌『ちいさいなかま』の魅力について、つらつら語る。

先月出した賞がそろそろ発表だろう、と思って1週間が経つが、ずっとそわそわしている。もうだめならだめでいい。でもSNSでふいに目に入る情報にはきっとそれなりにショックは受けるだろうな、と思ってその瞬間を思うと気が重い。

保育園のお迎え時、ちょうど同じタイミングで来ていたクラスのママから梨をもらう。「なしもらったねえー、よかったねー」と子どもが大事そうに抱えていた。

インボイス反対50万筆の署名を岸田総理は受理拒否したという。「50万人が団結しても無視する国、独裁国家じゃなきゃなんなの。仮に国が戦争しだすとか言ったらもう止められないじゃんこんなの」というツイートが流れてくる。滞らせている各社へのインボイスの問い合わせにも答えないといけない。

「さっきほりさんのブログを読んでいて、写真が出てくるまで雑誌の名前を『ちいさいかま（釜）』だと思って読み進めており、渋いなあと勘違いしたまま納得していました。正しい名前が分かると、謎の納得をしていた時には戻れなくなりますね……。どうでもいい話ですが、お元気ですか？　と聞く言い訳として」というLINEが大学の後輩から届いて、愉快。

夫が北尾さんの『自分思い上がってました日記』を読んでいた。日記書こうかな、と言う。毎日？　毎日じゃなくてもいいよね。書かないとなんも覚えてないもんね。まあ忘れちゃってもいいんだけどね。

友人Tさんからわたしたち夫婦のことを「箱推し」と言われちょっと笑う。

10／2（月）

完全に風邪をひいてしまった。この2年、ひく風邪のことごとく、すべてが子ども由来である。と、いつもとりあえず子どものせいにしてしまう。けれど本当に、自家製ヨーグルトの効果はいかほどか。効いてこれなのか。ただ、そこまでひどい経過を辿《たど》ることはなさそうな気配ではある。

夕方、ご近所のおばあさんが来訪。さっきお迎えのときにばったり会ったからか、「ちょっと買い物行ってきたけぇな」と、たくさんジュースやお菓子を持ってきてくれた。足が悪いのに、いつも3階まで上がってきてもらうのが申し訳ない。玄関のドアを開けたまま、見送りに下まで降りるも「ママージュース飲んでいいの？」と子どもの声もするし、風も強いので子どもが顔や手を出したまま、ドアがバーンと閉まって惨事にならないか心配で、ゆっくり最後までお見送りできず。

昨日の豚汁を温めていると、鍋が泡立っているのに気づく。こんなに泡立つか？　しかも酸《す》っぱい匂い。これはやってしまった。もう十分涼しいからと油断して、鍋を冷蔵庫にしまわなかった。鍋を覗き込んだ夫が「うわっ」と言う。腐ってる。鍋いっぱいの豚汁が。ショック、代わりに永谷園のお吸い物。

あえなく佳作となった今年のBR賞発表号を薄目で読む。やっぱり批評を勉強しないといけないのか。去年も今年も受賞者は別の評論賞を同時にもらっている。書評は、批評の下地がないとわたしにはこれ以上の結果は難しいのかもしれない。夫には「一年に一度のチャレンジで毎年結果残せるんだからそれ以上何を望むのか」と言われる。ほんとに賞獲《と》りたいならもっと歌会出るとか歌集の感想書くとかしないと。まったくその通り。何をやっても中途半端な自分のことを、半分諦めながら、どうしようもなく持て余している。今年出したものでは、あと現代短歌社賞が残っているが、まあだめなのだろう。だめでもいいや、と思うことにする。歌集を出してくださる話があるのだし。そういう傲慢さがいけない、なんてことからは目を背けている。

晶文社の連載が公開されるも、読まれている気があまりしない。今回は担当の安藤さんも「素晴らしい、を通り越して凄みを感じました」と褒めてくださったのだが、感想のツイートや反応はほとんどない。いいねの数すらまばらである。つくづく、わたしは人気がない。勢いもない。編集者お墨付きのいいものが書けたとしても、読まれなければここにこの文章がある意味などどれほどのものか。わからぬ、メロスにはわからぬ。メロスなんて引きずり出すまでもなく、わからない。このままで、このまま書いてそれでどうなるのだろう。いいのだろうか。いいって、なんだろう。編集者が信じて仕事をくれるうちは？　それとも自分がいいと信じて書けるうちは？　わからない。

読んで、ただ読んで「いいものを読んだな」と思ってくれるひともほんとうにはいるのかもしれない。いまの時代、読者が見えすぎるのがいけない。本来読者は黙っている。わたしだって同じように黙って読む。読んだって、それが痺《しび》れるほどによかったとしても、黙っている。そして生活に戻る。満員電車を降り、夕飯をこしらえ、皿を洗って風呂に入り眠る。誰かのそのスマホの灯りに、もしかすると自分の文章がゆっくりとスクロールされているかもしれない。ほんとうには、そういう想像をたまに巡らせるだけでいいはずなのだ。

明日、保育園でカレーを作るというので、練習として子ども主導で米を計量カップではかって研《と》ぐ作業をやることに。教えたわけではないが、米をかき混ぜながら「おいしくなあれ」と子どもが言う。「はい上手にできたね、ありがとう」「まだやるの」を繰り返して、いつもは米研ぎなどざっと一回なのだが、五回はやった。明日の朝はぴかぴかの米が炊けそうだ。

10／3（火）

何やら一段と、秋の気配。リビングの窓を開けたままにしていたら、ひんやりと寒い。

秋の日は釣瓶落とし、と言うが秋自体が釣瓶落としの感。

朝は子どもに、昨日の夜きみが研いだ米だよ、と言って炊きたてを茶碗によそって食べさせた。わたしも昼に食べたが、なんだかいつもより弾力があっておいしく感じた。いまごろカレーを作って食べているだろうか。2歳児にカレー作りはできるのか。元々運動会で披露する踊りがカレーライスの歌、というところからカレー作りを体験するらしいが、そこまでやってくれる園、やっぱりすごい。昨日はスーパーに食材を買いに行ったらしい。みんなひとり一つずつ食材を持ってレジに並んだというが、それを許してくれるスーパーも寛大だ。だが園児の料理は珍しいことではなく、「くど」と呼んでよく米を炊いたり豚汁を作ったりしている。「くど」とは釜のことで、火を起こすところから年中年長の子ども主導でやるらしい。

お茶を温め直して龍角散のど飴をひとつ放り、飲む。向かいに座るムーミンと久しぶりにしっかり目が合う。どんな気分？　と問いかけられているような。賞はやっぱりだめだった。まあ仕方ないよね、そこまでショックではないかもしれない。もっとつらいかと思った。だって本にしてもらえるのだし。そんなありがたいことないよ。ムーミンは、ずっと黙っている。ムーミンの目は青い。青くてぽっかりしている。

保育園からクラス代表宛に、今月の運動会で各クラスの保護者からひとりカッパを選出せよ、というお達しがあった。上のクラスで流行っている「カッパおやじ」という絵本にちなんで、カッパの仮装コンテストを催すらしい。わざわざ手作りの巻き物にその旨が記されており、「どなたかカッパ役を引き受けてくれませんか」とクラスLINEに流す。みなさん難しいようだったらうちの夫がやります、と添えると「そんなの絶対うちがやることになるじゃん！」と夫。まあいいじゃん、日常生活でカッパになんてなかなかなれないよ、となだめる。

10／4（水）

次号の『ちいさいなかま』にわたしの文章が掲載されるらしく、俄然色めき立つ。思い出すのは浪人生の頃にやっていた通信教材Z会の「Azest」という会員向け情報誌で、わたしはそれがとても好きだった。大学生モニターが学生生活のあれこれを語っており、授業とバイトの両立は大変だなあ、などと大学生活に思いを馳せた。そして、志望校に無事合格したあかつきにはわたしもこの憧れの大学生モニターになる、と目論《もくろ》んでいたのだったが、結局やらず仕舞い。とにかく、こういった情報誌の読者のページというのが昔から好きなのだった。そこへ参加できるよろこび。選んでもらえたよろこび。

夕食時、ぬか漬けのにんじんをつまんで食べようとした子どもに「固いかもよ」と夫。子どもが野菜に手を伸ばすことなどそうそうないのでどうなるか、食べるのか？　食べてくれ、と祈るように見守っていたのに、余計な一言！　とがっくりくる。案の定「かたい」とすぐに放ってしまった。あのさあ、思ったこと全部口にするのやめてくれない？　これ言っていいかな、ってちゃんと考えて発言してくんない？　と噛みつくと、全部言ってるわけじゃないよ、と言うではないか。ほんとうか？　わたしにはべらべら全部思考だだ漏れなように見えるのだけど。

食後、どうにもだるく熱を計るとやはり、ある。こんなに体調ばっか崩すなら毎日ヨーグルト食べたって意味ない！　と嘆くと、ヨーグルトが効いて「これ」なんだよ、と夫。ヨーグルトを食べていない自分と比較することはできない。食べてこれ、これでもまし、と言い聞かせて布団に潜り込む。

10／5（木）

朝、ものすごい頭痛と節々の痛み。熱は、高いかと思いきや意外と37・4℃。ここは迷わず潔くカロナールを飲もうと思い立つが、いつも何ミリを何錠飲むとよいのかわからなくなる。生理痛なら200ミリ一錠で十分なのだが、もしも効かなかったらと思って、念のため2錠飲む。効け、カロナール。

体調は悪くても締切はやってくる、ので一応パソコンを開く。つねづね、真っ白なワードを立ち上げ、ゼロから文字を入力することに異常なまでの恐怖心があり、いつもある程度スマホで文章を書き溜めてからワードに流す。そしてそれを推敲する。しかしそれでも今日は書き進めるのが億劫で、ノートにだらだらと構成を書き起こしてみる。こういう展開もありかもしれない、という道が見えてきて安心し、結局パソコンには触らず。取り組んでいるのが学校についてのエッセイなので、久しぶりに『女の園の星』（和山やま）を読み返す。「累計160万部突破！」という帯には改めてさすがに売れすぎでは、と訝しみつつ、けれどくだらなくてどうにも面白く、笑って3巻を読み切る。ちょっとしたエッセイの展開を思いついただけで満足して、朝からまた布団で漫画を読むなんてどうなのか。カロナールはしっかり効いているようで頭も身体も痛くない。

昼、夫が朝のうちに作ってくれていた焼きおにぎりを食べながら、しみじみとおいしい。高校生のときの自分に、「あんたの夫は朝からせっせと焼きおにぎりをこしらえてくれるよ」と教えてあげたい。教えてあげたい？　そうか？　急に借り出されてきた高校生のわたしがきょとんとする。へえ。そうなんだ、よかったね、こっちは進路とか定期テストとか部活とかで忙しいんですが。そう言って去って行った。高校生のわたし、冷めている。

高校生の自分を体よく召喚《しょうかん》したのは、『女の園の星』の舞台が女子校だからかもしれない。天気はよく、ちょうどベランダの窓から飛行機が着陸するのが見えた。窓は開けているが、そこまでおおきな音は聞こえない。別に、未来に焼きおにぎりを作ってくれる夫がいなくてもいい。食べたいものは自分で作るか、買えばいい。ただ、無数の選択肢のある、あると思っていたそのひとつの道には、そういう未来がある。頭が痛くて朝から布団で漫画を読み、家族の作ってくれた焼きおにぎりを食べるという、そういう一日があるんだ。そう言いたかったのかもしれない。やっぱりあっそう、と一蹴されそうだ。でもそれでいい。

近くの小学校の、お昼の校内放送が聞こえる。「今日の献立は、ご飯、ワンタンスープ、タッカルビ、オレンジです。」よく聞き取れなかったが、おそらくその後、詳しい栄養素の話がつづいていた。

10／8（日）

カッパの衣裳作りのため、クラスのお友だちのお宅へ集合して朝から工作。それぞれ一緒に来た兄弟も含めておそらくその場に20人以上集まっていた。広い一軒家のキャパシティ、すごい。カッパってなんだっけ。お皿があって、水かきがあって、甲羅《こうら》もある？　甲羅はないんじゃない？　画像検索しながらあれこれ話す。あ、やっぱり甲羅あるね、ありますね。ということで、甲羅は牛乳パックをつないで色付けし、腰につけるふさふささ、嘴《くちばし》、頭の皿などわいわい作る。わたしは、文化祭にせよ部活にせよ、こういうみんなで分担して行う何がしかの作業というものが昔からとても好きなのだった。というより、作業しながらするおしゃべりがいっとう好きである。つい最近も同じことを思って、そしてこの日記にも書いたような気がする。こういう作業中のおしゃべりは、みんなリラックスして、無理に目を合わせなくてもめいめい自分の手元に集中しつつ、だからこそふと、面白い話が転がり出す。自然発生的なこういうおしゃべりが、ほんとうに好きだ。

子どもたちは自由に遊び回り、たまにケンカもし、それぞれお母さんの元でしばらく泣いて、またけろっと遊びに繰り出す。お昼はそれぞれが切った野菜を持ち寄って、家主が豚汁を作ってくれた。持参したおにぎりと一緒に食べて、結局作業は15時までかかった。その後まだ体力のある子たちをわが家に招き、しばらく遊んだ。さすがに遊び疲れたのか、ケンカも増え、眠る子、眠る子のそばでぬいぐるみと寝たい子、そのぬいぐるみを貸してほしい子、などとなかなかカオスであった。でもわたしはこの保育園の集まりが、とても好き。

10／14（土）

運動会当日。快晴、ではなく曇り空だが家族全員体調も良く、無事にこの日を迎えられて何より。ベビーカーを押して、カッパのための荷物を担いで向かう。夫はこの日を迎えるまで、カッパ踊りに夜な夜な励んでいた。「緊張する」と言葉少なである。

会場は保育園の向かいの公園で、すでにたくさん家族が集まっていた。クラスのひとたちのいる辺りでシートを広げて待っていると、先に園に預けてきた子どもたちがミニバスに乗って会場にやってきた。オープニングのダンスが始まると、うちの子どもは全然踊らずにわたしたちのことをきょろきょろ探している。その表情がどうにも心細げで、必死に「おーい、ここだよー」と手を振った。その後のかけっこもカレー作りの競技も、子どもは一切参加せず、「いや」「あっちに戻りたい」と頑なであった。ここが舞台であって、ギャラリーに「観られている」ということを認識している。そういう意識の下で遊戯をさせられることのおかしさを2歳にして理解しているというのか。立派であるが、ちょっとは参加してほしかったな、と親としては残念でもあった。終始そんなふうだったので、肝心のカッパ仮装大会も遊具のほうへ逃亡した子を追いかけるのでせいいっぱいで遠目でしか確認できず、夫は一人でカッパのヘンテコな衣裳のまま踊りを踊ってとても寂しかった、と後で漏らしていた。ともかく2度目の運動会は無事に終わった。帰って焼きそばを食べて、全員昼寝。

10/17（火）

昼、夫が一旦帰宅して連れだって徒歩でケーキ屋へ。どうも強く香ると思っていた塀の向こうに、ほかの蔦《つた》に絡んでおおきな金木犀が隠れていた。ケーキ屋はすぐそこ。明日の自分の誕生日ケーキを選びにやってきた。あんまり時間をかけて選んで店員を待たせたからか、すげない態度でかなしくなる。ポイントカードを貯めるために、ちょっと焼き菓子なども足して計算していたのに、PayPayでの支払いだとポイントつかないんですよ、とあしらわれたのだった。ならポイントカードはあらかじめトレーに出していたのだから、PayPayだとポイントつきませんよ、と教えてくれたっていいじゃないか。店側とてそこまでケチる必要はあるのか？　単なるいじわる？　と悶々とした。もしわたしが屈強な見た目だったらこんな接客はされないのだろうか、と思うことがたまにある。舐められている。でも舐められないためにたとえば髪を染めたり、いかつい自分を演出するのは違う。わたしはこの、気弱そうな見た目のまま、もしもモヤっとしたらそれをその場で言えばいいのだ。でも今回は、後からPayPay払いをやめるわけにもいかず、一本取られたというか、なんだかほんとうに意地悪だった。などと、帰り道に夫にこぼしながら、そんな些細な出来事をこうして根に持って、わたしはなんてケチで面倒なのだろう、とまた自己嫌悪に陥る。みんなこんな些細なことでショックを受けたりしないのかな、と言うと「そうなんじゃない」と夫。決して自分が繊細などと言うのではない。ケチで、自分可愛がりなだけなのだ。ってゆーかケーキ高い！　とおおきな声を出して歩いた。高くてもこの店が美味しいと思うからこうしてたまに来て買って、それでこんなに嫌な思いをするの、あほみたいだ。そのまま怒りつづけて、もっと追い詰められてたら犯罪だって起こしかねない、などと言って夫を呆れさせる。

10／18（水）

子どもの「からあげが食べたいのぉぉ！」という絶叫で目覚めた。半分夢のなかなのか、泣きながら「からあげ、からあげ」と取り乱している。不憫なので朝からお望みの冷凍からあげを与えると、落ち着きをとり戻して黙々と食べていた。大人は朝からケーキ。昨日あんなに文句を垂れたが、やっぱりここのケーキは美味しい。でも美味しいからって威張らないでほしい。悔しいけど美味しいね、と言い合いながら食べた。今日で34歳。年齢だけが独り歩きして、精神的には20代の頃から何一つ変化していない気がする。大人である、という見せかけで生きて、このままちぐはぐな内面のまま歳を取ってゆくのだろうか。ほんとうにはみんな同じようであるならば、そんなはったりなんかかまさずにもっと肩の力を抜きたいものだ。

人はみな馴れぬ齢を生きているユリカモメ飛ぶまるき曇天（永田紅）

学校まで自転車を漕ぎながら、いい季節に

生まれたな、と思う。気候もよく、町全体に金木犀の香りが漂って、こんな秋の日に生まれたんだな、と毎年同じことを思う。ちょうど、誕生日が一日違いのママ友にそんな話をしたところ、「でも、暑い夏を母はおおきいお腹で過ごしたんですもんね」と返され、そんな視点まったくなかったのでなんて想像力のあるひとだろう、とたまげたのだった。いい季節〜くらいしか思いの及ばない自分のなんて薄っぺらなこと、と。

今夜は夫がパエリアを作ってくれるので、簡単にカプレーゼだけ作って後はお任せする。すぐに部屋中にものすごくいい匂いが立ちこめ、と思ったら子どもが「うんち出た」と言い、魚介のいい香りとうんちの匂いが拮抗して鼻が混乱する。海老やあさり、パプリカやパセリなど普段は使わない食材、というだけでわくわくするが、見た目もまさにこれぞパエリア！　という美しさで初めてでこんなに上手に作れるものなのだな、と感心する。とてもとても美味しかった。

けれど食べる前、「プレゼントもあるよ」と渡されたのが、もっこもこの手袋で、正直（うわ、要らない！）と思ってしまって、きっと顔に出ていた。というか、むしろ正直に言ってしまった。３０００円近くしたなんて。特段欲しくもなかったものにそんなお金を使われたということがショックで、何より夫の「よかれと思って」という、この気持ちが苦しい。それなら図書カードがいい。スタバのギフトカードでもいい。欲しいものは自分で選びたい。でもさすがにそれは言えない。プレゼントって難しい。10年以上一緒にいるんだから、そのくらいわかってほしい、なんて思ってしまうがそれはこちらの勝手である。「去年の冬、自転車乗る時手が寒いって言ってた気がしたから」と言っていたが、きっとこれだけ要らないと思っていても、いざ冬になればありがたがって使うのかもしれない。そういうどうしようもなさが自分にはある。いつだって文句ばかり。

10/20（金）

「明日北尾さんがうちに来るよ」と写真を見せながら話すと、寝起きの子どもはじっと写真を見つめ「きたおさん」と復唱した。北尾さんは明日来るからね、そしたら何貸してあげようか。うーん、ダンプカー。クレーン車。じゃあ来たら一緒に遊んでもらおうね、と起き上って支度をしていたのだったが、子が「きたおさんは」と言う。2歳の子にはまだ明日という区切りある未来の概念はない。もう1回ねんねしたら来るよ、と説得するが「きたおさん早く呼んできてよ」とせがまれる。

トイレで、自分が腕を組みながら用を足しているということにふと気づく。これは、多分いつもそうだ。いま気づいた。気づいたからどうなのだ、けれどわたしは常に腕を組んで用を足している。トイレのドアには大相撲の番付表が貼ってあって（夫が貼った）、それを見るともなく眺めている。力士の下の名前というのはほとんど知らなかったが、こうして眺めるといかにもしっくりくる名づけである。照ノ富士春雄とか、若隆景渥とか。高安は晃、東龍は強。腕を組みながら、しばらくの間、気づけばしっかり見入っている。

小沼理さん、大森皓太さん、げじまさんの

ポッドキャスト「前世はきょうだい」を聞く。ゲストが僕のマリさんということで初めて聞いてみたのだけど、なんだこの楽しそうな4人組。誰かがつねに笑っている。マリさんの話題の出し方の絶妙さ、けれど、ラジオを聞く習慣のないわたしにとって、何かをしながら聞くことが難しい。しばらくはトイレのように腕組みをして聞いていたのだが、これはもっとラフに聞くもんだろう、と明日の北尾さん来訪に向けて掃除を始めた。するとこれが掃除をしながら聞くのにはちょうどよく、台所、風呂、洗面所と水回りをすっかりきれいに磨き上げることができた。みなこういうふうにしてラジオなんかを聞いているのだな、と妙に納得した。

11/7（火）

昨日からの熱は一応下がって、けれど喉がほんのり痛い。鼻水も出る。わたしの身体はいったいどうしてしまったのか。身体が丈夫、というアイデンティティはこの2年であっさり打ち砕かれてしまいつつある。まさにアイデンティティクライシス。だって、小学校から高校卒業まで、わたしは学校を休んだことがない。正確に言えば、小2の一日を除いて休んだことがない。なんとなく風邪っぽくて休んだその日を後からおおいに悔やんだ。あの日がなければわたしは胸を張って12年間皆勤でした！　と言えるのに。まあ言う機会もないし、というかそもそも皆勤であることを誇ることにいまは懐疑的である。体調が悪ければ、堂々と休めばよい。皆勤賞の自分とて、まったく風邪をひかないわけではなく年に1、2度は病み上がりで無理して登校してぐったりしたり、おそらくそんなふうであったから誰かにうつしてしまうこともあっただろう。迷惑だ。学校に根付く「皆勤を讃《たた》えよ」という圧をなくしたい。無理せず休んでいい、と言ってもらえるほうが全然いい。ただ、わたしはそう言われたら休みがちになる自分がきっとこわかった。だから絶対に休まないと決めていたのだと思う。

体調が悪ければ休む、でもそれが気分や感情によるものであったら、嫌な授業があるから、学校なんてそもそも行きたくない。体調や気分、そのさまざまなグラデーションに乗せられて、自己を決定することは難しい。絶対に行く必要はないが、元気で通えるならそれがいい、というスタンスで、けれどコロナ禍を経て不登校がこんなにも激増した現在、そして子どもが入学を控えるこれから、親として一教員として、わたしはつまらぬことを言い募ってしまわないか、ということをよく考える。学校という制度自体はとうに終わっているが、行けばコミュニティがある。あまりに居心地の悪い場でない限り、行ったらいいのでは、と思うがどうだろう。実際の人間関係の発生していない、想像上の教室を浮かべるだけでは、そうとしか言えない。また入学してみてから子どもと一緒に考えていくしかない。

話が逸《そ》れたが、とにかく嘆かわしきは自分の体調不良である。先々週は食あたりで倒れていたし、その前の週は風邪由来の副鼻腔炎で発熱していた。頭痛などの一日単位の細かい不調はしょっちゅうで、体調のいい日がほとんどない。かつて友人のお母さんから「鉄の女」と呼ばれたわたしがこんなに脆《もろ》くなってしまうなんて。体力がないのがいけないのだろうか。シンプルに子どもはいまも保育園で大小さまざまな風邪をつねにもらってくるので熱を出すまではいかずとも、鼻水をたいていたくわえているし、咳もする。そんな人間と近距離で生活すればもれなく菌をもらうのはわかりきったことで、けれどもう保育園も2年目なのになぁ、というのが感想なのだった。1年はなんとか耐えたのに、まだつづくの？　という苛立ち。とにかく週末の上京までに治さねばならない。

ガザ地区の71％の成人にうつ病の症状、という新聞記事。夫に勧められた『ガザに地下鉄が走る日』（岡真理）をいまこそ読むべきだ、と思う。凄惨な出来事は自分と切り離されているわけではない。見えていない、見えないようにしているだけ。

国立科学博物館やさらには救急車の買い替えにクラウドファンディングを頼るしかなく、その一方で万博は公費ですか、というツイートを見る。何かが根本的におかしい。

11／11（土）

文学フリマ東京当日。今回も伊藤さんのブースで売り子の手伝いをさせてもらうということで1年ぶりの流通センターへ。会場ではすでに伊藤さん、隣のブースには僕のマリさんがいて、準備を進めてくれていた。ひとの多さに圧倒されて、やっぱりマスクが必要か、と開場直前に下のローソンに駆け込んでレジに並ぶと、哲学対話仲間のKさんが。今回同じく友人のSさんたちと同人誌を作ったというのはツイートで知っていたけれど、改めて短歌やエッセイ以外のジャンルの知人らが文フリに参戦する、というのが不思議で、それだけ文フリの輪は広がっているんだなあと実感する。

伊藤さん、マリさんと作った日記集『サマージャム』は出だしからコンスタントに売れてゆく。いいペースですね、と伊藤さんからいただいたポッキーを食べつつ、お客さんとも話したりと楽しい時間。だいたい、わたしはこの「お店やさん」というのがわなわなするほど好きなのだ。みんな好きなのかな。ちいさなブースを設《しつら》えて、「どうぞ見ていってください」「こんにちは」と声をかけながら、そうしてふらっと足を止めてくれるひとがいる。幼稚園の頃、園でバザーの日、という行事があってそれぞれが手作りのおもちゃやアクセサリーなんかを並べて、通貨も作って、それで買い物をする。あのときの興奮をいまも覚えている。買い物って楽しい、お店やさんってすてき。この世の行き過ぎた資本主義はとっくに末期を迎えているが、こういうミニマムな経済活動はやっぱりなんだか好きなのだ。

午後、夫と子どもも合流してにぎやかになりつつ、藤岡みなみさんの『超個人的時間旅行』のブースにしばし立たせてもらったり、終盤わたしたちのブースの前をちょうど通りかかった滝口悠生さんにとっさに声をかけると「堀さんですよね」と言われ、「!!」と声にならないうれしさで、なんで知ってくれてるんですかっ! 前に、『長い一日』の読書会でしゃべってくれましたよね、あといつだったか堀さんが書かれた自分の本についての文章を編集者に見せてもらいました、と会話したのが明らかに今回の文フリのハイライトであった。でも、こうしていま思い出しながら書く会話というのはもう全然滝口さんの言葉ではなく、だって滝口さんはあのときご自身のことを「自分」と呼称していたか、それすら覚えていない。おしゃべりした、自分のことを認知していてくれた、その興奮だけを何度も取り出して眺めて、すると当時のちょっとした言葉のニュアンスだとかそういうものはかくもすげなく捨象《しゃしょう》されてしまう。

夜は実家で今日誕生日の父と、来週誕生日の子どもの合同誕生会。母がおおきなホールケーキを用意してくれていた。ホールケーキなんて、自分が子どもの頃に食べたことなどなく、誕生日といえばいつもカットされたものので、ずっとあの丸いケーキが憧れだった。自分の子どもに対して羨ましい、という感情はさすがに湧かないが、ただ孫の力はすごい、と思う。というかわたしも家を出て、母に「気を遣ってもらう」側になったんだな、と思うとすこしさびしい。おおきい丸いケーキがいいのに。いいんだよ一個ずつ好きなの選べるほうが。えーケチ。そんなやりとりはもうできないんだな、と思う。ろうそくに火をつけるのに難儀して、ろうが膝に垂れ、化織のワンピースに穴が空いた。子どもは上手に「ふー」っと火を消して、ここに今日65歳になったひとと、もうすぐ3歳になるひとがいる。

11/13（月）

朝、荷物をまとめてからそのまま母とたまプラーザで買い物、ランチ。小学生の頃、まだ幼い妹を父に任せ、母と週末よく電車に乗ってショッピングセンターへ出かけたのを思い出す。ねだって買ってもらった服、フードコートで食べたお昼、いつも必ず立ち寄る雑貨屋、デパ地下のなぜか強く感じるほうじ茶の匂い。まだほとんど赤ちゃんだった妹は、わたしたちについていきたがって、こっそりふたりで家を出るところを見つかって泣かれる、あの妹の泣き声もセットで思い出す。かわいそうなことをした、と思いつつ、日中ワンオペで子育てしていた母にとっても、わたしとふたりで出かける休日はつかの間の息抜きだったのではないか、と勝手に思っている。

マネケンでワッフル、デパ地下で崎陽軒のシウマイ弁当を買ってもらった。帰省したときにはこうしてその日の夕飯として夫の分とわたしの分のシウマイ弁当を買ってもらうことが多い。かつては祖母の家を訪ねた後、駅前のとんかつ屋でお昼を食べて、夜のお弁当まで買ってもらうのがセットで、こうして同じようなことをしてもらっているなと思う。

並んで歩いていろんなことをしゃべっていると、わたしは母とそれなりにいい関係を保っているのかもしれない、と感じる。でも母は、やっぱりずっと母で、決して友だちではない。母には話さなかったことがたくさんあるし、母もきっとそうなのだろうと思う。もちろんそれでいい。なんでも話せなくたっていい。でもこうしてたまに会ってランチしてお茶をして、あれこれ話すのは楽しいと改めて思う。母から聞くちょっとした話で、わたしは結局一番笑っている気がする。今日も立ち止まって涙を流すほど笑ってしまった。

駅から空港行きのバスに乗り込んで、ばたばたしたままありがとうと言えず、母はわたしがどこに座ったのかわからなかったのかきょろきょろし、車内から手を振っても気づかずに、バスは発車した。センチメンタルな別れにならずに済んでよかった。いつも別れ際に泣きそうになってしまう。もう34なのに。おかあ、って思う。離れれば見えるよかったことも、大事にされたことも、それ以上に言い合ったことも口をきかなかったことも理不尽だと思ったことも恨みたくなることも数え切れず、全部が暮らした27年に詰まっていて、覚えていることも忘れたこともすべての記憶が一緒になってばかでかい心臓みたいに脈打って点滅するような、親って家族ってなんなんだろう。あんなに離れたいと思ったのに、大事でぜったいに死んでほしくなくて、自分が歳をとれば同じだけ親が老いることがずっとずっと信じられない。

夫と子どもは昨日一足先に山口に帰っているので、ひとりの帰路である。たまにこうしてひとりで行動するとその身軽さに驚く。抱っこもせがまれない、荷物も少ない。カフェに立ち寄ったり、お土産をゆっくり眺めたりだってできる。スムーズに搭乗し、機内でのんびり過ごした。飛行機が降下を始めると、だんだん見知った町が見えてくる。低い家々の全部に誰かが住んでいる。いつも飽きずにそのことを思う。そしてそのなかにわたしたちの家がある。

11／19（日）

子どもの3歳の誕生日、だけどかわいそうなことに一昨日からインフルエンザに罹り、どこにも行けず。幸い昨日でほぼ解熱したので元気そうに遊んでいる。夫がシャトレーゼで買ってきたケーキでお祝いした。「これがいい」と意気込んでいたクマのケーキを、けれどほとんど手をつけようとしない。普段なら大人が食べるところだが、これは完全に汚染されたクマのケーキ……クマの目がうつろに見えてくる。

子の年表を作るとはりきっていた夫だったが、午後「だるい」と言って計ると発熱している。感染列島……と思いつつ寝てもらって2人で遊ぶ。これはわたしが罹るのも時間の問題だろう。熱はないものの、すでに咳が出る。

義母からLINE。ちらと、子の誕生日を忘れていたのかなと思ったけど、ずっと連絡しなきゃと思っていました、とあって変なプレッシャーをかけてしまったかもしれない。何かプレゼント欲しいものありますか、と聞かれ、そんなのいまさら何かねだれるほどずうずうしくはない、というか言えるような関係ではない……。わたしはちょっとかなしかったのだと思う。もっと子どものことを気にかけてほしい、とこころのどこかで思っている。でもまだ現役の牧師として働く74の義母は、きっと色んなものを抱えている。義母の日常を知らないからそんなふうに勝手を言う。なんとなく、そういう距離感のことを思う。責めるわけではなく、でもただ、覚えていてくれていたら、うれしいなと思う。母とはコミュニケーションを取っているので自然にプレゼントのことだって話すけれど、義母はわたしとも夫とも連絡をほとんど取らない。わたしが取ればいいんだろうか。わからない。もっと仲良くしたいのに、と思いながらずっと義母が遠い。お前がもっと、と夫に対して思わなくもない。でも、コミュニケーションは仲良くしたいひと同士が取ればいい。だから夫に強制することはしない。

わが家が感染列島になる前に頼んでいた寿司が届く。夫は熱のまま、子どもも本調子ではないまま囲む豪華な寿司。あとは好物のから揚げとポテトをたくさん揚げた。「からあげおいしいねえ」「ポテトもおいしいねえ」と、子は寿司に手をつけようとしなかった。

子どもが生まれたのはもう3年前のこと、気づけばすでにおぼろげで、でも同じだけ鮮明で、3年というと1095日か、と夫が言う。この3年の長さははかれない。途方もなく、そして一瞬だから。1年で歩けるようになり、2年で喋り、3年で排泄ができるようになった。立派なことだ。でももっともっと細かいことを覚えていたい。立って腰に手を当ててわけ知り顔でこちらに意見するときのエラそうな感じ、怒ると床を踏み鳴らしてすぐに物を投げること、真っ黒な膝、まだ薄い爪、聞き飽きないあかるい声、いまがあの3年前の今日につながっていることがふしぎだ。夫がもしも忘れても、子どもが自分の生を呪っても、産んだわたしはこの日のことを忘れない。でも、そのことが子どもにとって枷《かせ》になるかもしれないことを思う。

11/22（水）

母から「みんな大丈夫?」とLINE。全員インフルになった、と言ってから半日おきに連絡が届く。今日でなんとか全員解熱、夫はまだ咳と鼻水がひどいようだけど、わたしはそこまで症状もない。けれど出勤はまだできないので、休みの連絡を入れ、今日の授業の自習内容をクラスルームに投稿。わたしが不在のなか、教室にはいつもと同じように生徒たちが揃っているんだな、と思うとそわそわする。休むのが苦手なのは、置いていかれてしまうような気になってしまうからなのだろう。でもそう勝手に思っているだけで、誰も置いていったりしない。みんなそこに来て、またばらばらに帰っていくだけなのだから。

思い立ってリビングのクローゼットの片付けをする。奥にしまい込んでいた、これまでの授業プリントを整理、というかほとんど処分した。こうして蓄えたって見返すことはないのだ。教員1年目に張り切って作った授業アンケートも捨てた。いいことも悪いことも書いてあって、それなりに真摯に受け止めたことを思い出す。ぜんぶ破って捨てた。捨ててしまえばスッキリして、前倒しで大掃除してるね！　と夫とテキパキ整理した。

北尾さんから頼まれていたサイン本を発送。取り急ぎ4冊、とのことだった。いつも倉庫から30冊とか送ってもらうので、もしかして2刷の底が見えてきたのだろうか、などと勝手に推測してしまう。2刷になったことだけで十分、と思っていたはずなのにいつしか3刷はいつだろう、と巡らせるようになった。欲深い。ちょうど昨日メールした紀伊國屋書店のSTさんからお返事をもらい、「今日も1冊売れてうれしいです」とあって、そうなのだ、そのくらいなのだ。発売1年経った本は、そんな飛ぶようには売れない。大手の書店であっても一日1冊売れたらいい、くらいなんだ。それでもこうしてフェアを展開してくれるから、今でも手に取ってくれるひとがいるわけで、ほんとうにありがたい。小田急町田店、いつか必ずご挨拶に伺いたい。

悶々と考えることと言えば、現代短歌社賞の発表号が発売されているのは知りながら、買う気になれない。次席ではないんだろう、なら佳作か、と思っていたけどもしかすると佳作ですらないのではないか。確認するのがこわい。300首の歌稿を左右社筒井さんに送って、もう返事は2週間ない。それって。もう全然はなからだめってコト……？　と、考えるたび、ちいかわになってしまう。やっぱりうちで歌集出すのはやめましょう、とかやんわり言われるのではないか。でも出しましょうって言ったのはそっちなのに、なんて強気にもなれない。だってだいたい、自分の短歌に自信がない。やめましょう、とはならなくとも、かなり大幅に変更しなければならない、みたいなことは現実的にあるんじゃないか。ネガティヴな想像は止まらない。こうして保険をかけまくることでありうべき現実の圧に対抗しようとしてしまう。いつもそう。現実はもっとわたしに関心がなくて、なさそうであって、怖そうで優しくて、まじで意味不明。現実っていつでもぐにゃぐにゃでするする手から滑り落ちてゆく。もうほんとにわけワカメ。ワカメなのかな、現実はワカメ。つまらない妄想はふえすぎたワカメ。

子どもが19時を前に寝た。こんなボーナスタイムはどれくらいぶりだろう。でもお腹は空いていないので、それぞれの時間。大和書房の連載が公開される。公式アカウントで先にツイートしてくれていたが、リンクが貼られていなかった。ということを引用リツイートする、のは感じ悪いかなあと思いつつやる。夕飯は夫の作った炒飯、夫があれこれ具を足した餃子スープ、サラダの残りなど。

保護者の休みに合わせて平日に学校を休んでも欠席扱いしない、という自治体があるという。「内申点への影響を気にしたり、皆勤賞に過度にこだわったりする雰囲気をなくし、休みやすい環境を整える」らしい。それ、めちゃくちゃいいじゃん、かつてのわたしのような皆勤賞にがんじがらめになっていた子どもに休んでいいことを実感してほしい。愛知はラーケーションと呼んで保護者が休みの平日に子どもと出かけたりするのを奨励するものらしい。いいな、と思いつつ体験格差というか、ただ休むだけでもいいのではないか、という気もする。

11／24（金）

今日から全員社会復帰。長く休んだからか、子どもが保育園にいつにも増して行きしぶり、夫と手を焼く。泣き喚くのをなんとか車に乗せ、あとは夫に任せるも、自分は自分で久しぶりに仕事着に着替え、化粧もし、といそいそと支度をして家を出ると、下の自転車置き場で、ちょうど洗濯物を干していたお隣さんに「今日はようけ泣いとったね」と声をかけられる。久しぶりの登園なんですー、と返す。そのちょっとしたやりとりで、なぜだかこうくっきりと、ああ外の世界だな、社会だな、と感じた。子どもの泣き声はこうして近隣に響いて、お隣さんから声を掛けられる。ずっと家に籠っているとそういう想像力がなくなってしまう。ただ一言交わしただけなのに、なんだか勝手にうれしくて、リハビリさせてもらったここちになる。

1週間ぶりの学校。着いてすぐスライディング土下座の勢いで上司に謝る。「いえいえむしろ大丈夫?」とやさしくていよいよ申し訳ない。けれどわたしが休んだって学校はちゃんと機能するのである。教室も変わりない。休んでごめんね、と言うとみんなふるふる首を振ってくれた。テスト前なので授業はほぼ自習、その間ワークシートの採点など。授業後はテスト作り、印刷。テストまでにもう一日出勤しなければいけないかと思っていたが、一気に終えられてほっとする。

夜中、ふと目が覚めてメール確認すると筒井さんから返事が。しかも長文。ああこれは、丁寧なお断りのメールだ、と思いながら薄目で読むが、最後に12月上旬に打ち合わせしましょう、とあって安心、なのかほんとにこのまま歌集を作る話は進むのか、とちぐはぐな気持ちになる。歌稿を読んでいただいた上でのお返事なのだからうれしいはずなのに、このいまの自分のレベルではたして商業の歌集として成立するのかどうか、わからない。もっと魂を燃やす必要があるのではないか、全然足りないんじゃないか、という気持ちがどこかにやっぱりある。でもなんだ、魂を燃やすって。燃えんのか、魂って。でも努力も情熱も、あるいはもっと、根本的に何かが足りない。散文にかんしては少しずつこれならば読むに耐えうる、というのはわかってきたけれど、短歌については、短歌の方が歴は長いはずなのに、全然わからない。でも筒井さんが「堀さんのエッセイも好きですが、やっぱり歌の人だなと思いました」と書いてくれていたことを信じたい。わたしは歌の人なのか、ほんとうか。

全然足りない。全然だめだ。久しぶりに恥ずかしさと居た堪れなさで消えてしまいたいような気持ちで目がどんどん冴えて、眠れそうにない。賞の最終候補に残ったくらいで歌集を作っていいんだろうか。それは、いい歌集になるんだろうか。わたしがまず、いいって思えなきゃやっぱりだめなんじゃないか。あと5年は早い気がする。でも同じように数年前に断った歌集の話があったじゃないか。あるいは5年後、出さずにおいた過去のものを肯定できる気がまったくしない。勢いで出してしまえばいいのだろうか。もう一度これが商業として耐えうるものなのかちゃんと聞いてみたい。だめなら出直したい。才能がない、って逃げずにいよいよ短歌に向き合わないといけない。眠れない。

歌集に限らず、大した努力もせずにこんなところまで来てしまったことが恐ろしい。商業で本が出せるなんて。誰かがものすごく怒ってるんじゃないか、という恐れがずっとある。あなたが正しい。わたしなんてぺらっぺらの上っ面の薄っぺらで、吹けば飛んでゆくような、そこにあったのは異常なまでの嫉妬心だけで、それでなぜだかここまで来てしまったから、我に返るとほんとうに恥ずかしい。わかるひとにはわかるのだと思う。わたしには何にもないことが。そのことを考えるともう存在すること自体が恥ずかしくて耐えられなくなる。思い詰めすぎ？　認められなければよかったのかもしれない。なまじ原稿料などもらって、次出す本の話がいくつもあって、作家なのか？　という自負までわいて、違うんだった、わたしはいつまでも誰にも認められなくて、そのことに怒りながらそれでも、書き続けるはずだった。こんなのほんとうにはおかしいんだ。みんな間違ってる。わたしにはなんにもない。もっと書けるひとなどたくさんいて。ほんとうに才能のあるひとは、ほんとうのほんとうにはここにはいない。見出されないまま、怒りながらいまもそのひとは書いている。その誰かに、絶対いる誰かにずっと申し訳ない気持ちでいる。わたしなんかが書いてごめんなさい、と思うことで報われようとする小賢しさが許せない。許せない自分がいないのに書いちゃだめだ。お前はだめだ、根本的になんもわかっちゃいないんだ、って思わなければ、この自分を殺してしまったらほんとうに終わりだと思う。怒りでどんどん目が冴えてくる。わたしはだめだ。やっぱり全然だめだ。

11／27（月）

朝から Twitter のトレンドの「子持ち様」という言葉が目に入る。元ツイートを見ると子持ち同僚が子どもの熱でしょっちゅう休む、休んだカバーをやらされるのは辛い、子どもが熱出して休まなければいけない辛さなど経験していないから想像できない、などとあって、まずは怒りを向けるのはどうか会社や社会に対してであってほしい。他人の辛さが想像できない、で片付けられたら全部経験の有無で仕分けられることになる。すべてを経験できないから想像するしかないのに。辛くてそんなことを想像してみる余地もないのかもしれないけど。でもまた自分はそれこそ子持ちの立場で考えてしまうから、このツイート主の気持ちをはかろうとはしていない。

『実母と義母』（村井理子）を読んでいたら、自分の義母などまったくなんの問題もない気がしてくる。いや、問題など初めからない。

ほんの些細なことでわたしが勝手に傷ついているだけなのだ。

北尾さんからメール、蟹の親子さんの新刊ゲラ読みの件。どきどきしながら早速読む。蟹の親子さんのエッセイだ、と静かに興奮しながら読んだ。

昨日送ったメールの返信がないことを気にしている。北尾さんや安藤さんがあまりに早いのでそれに慣れてしまっているが、返事がないからといってそれが悪い返信、と決めてかかるのは早計である。わかっていても、どうしたってネガティヴな想像をやめられない。わたしは、メールのなかで「まだ歌集を出すのは時期尚早かなと思っています」と書いた。筒井さんも同意見なのではないか。ではこの話は一旦白紙に戻しましょう、と言われるのではないかと危ぶんでいる。けれどわたしはこうもつづけた。「と思いつつ、今度こそ頑張りたいという気持ちでおります」と。嘘ではない。ずっと自分の短歌に自信がない。自信がない癖に新人賞にばかり応募して、だめで、また落胆する。こんなわたしに歌の人、と言ってくれた筒井さんと、やっぱり歌集を作りたい。

夜、友人Tさんと電話。わたしの連載更新に気づくとこうして連絡をくれる。わたしもTさんがブログを更新するとLINEして、こうしてたまにおしゃべりをする。来年1月に夫の出張にかこつけて愛知に住むTさん一家に会いに行くので楽しみ。Tさんちのこたつがすでに恋しい。一緒にがぶがぶ酒を飲んでたくさん色んなことを話したい。

12／3（日）

来る保育園50周年を祝う会に向けての、ミュージカル練習2回目。今回も山の園舎へ家族揃って出かける。山には羊がいて、子どもはこうして羊に会うのを楽しみにしている。大人たちは室内で練習なので、「まだここにいる」と言う子どもを丘に残し、ちらちら存在を確認しながら練習。保育園のこれまでの歩みを劇にしたもので、それを保護者のみで演じる。監督は卒園児の親で、おそらく年齢は自分の親世代なのでは？　くらいの方だけれど、熱心で頭が下がる。初めはひとが集まらないと聞いてしぶしぶ参加したのだったが、おおきな声で歌ったり、身ぶり手ぶりをつけたり、そういうのはふっ切れてしまえば楽しい。たまに窓を覗くと、丘の上で子どもは羊たちのために草を摘んでやっている。のどかである。みかんの皮も食べるらしい。家から持参したキャベツの芯、にんじんの皮も一瞬で食べてしまった。子どもというのはたいてい動物好きなのだろう、と特別うちの子がそうであるようには思っていなかったが、もしかするとかなり動物が好きなのかも、と近ごろ思う。同じクラスのママ友（のお兄さん）から生まれたばかりのハムスターをもらえるらしく、迷っていたがいい機会と思って、飼えたらいいのだろうな。

帰宅後、おやつのみかんを食べながら「ヨモギとサクラも食べたらいいのにねえ」としみじみ子どもが言う。2頭の羊のどちらがヨモギでどちらがサクラかわたしには見分けがつかなかったが、子はヨモギを特に気に入っているらしい。山園舎がもっと近ければ頻繁に連れていってやりたい。すごく適当なことを言うようだが、動物とのふれあいって情操教育的になんだかよさそうではないか。というのは親のエゴで、単に好きなのだからもっと身近であればいいのにな、と思う。まずはハムスターだ。

夕方、ポトフのウインナーなど買い足しにひとりでスーパーへ。ダイソーで今度の結婚パーティーのときに着せる子どもの服にとサスペンダーを見に来たが、散々迷って結局やめる。

食後、北尾さんとrn press野口さんのトークイベントを聞く。日記を書く視点についての話が興味深かった。みな同じレンズに同じ構えでカメラを向けるが、自分の背後から撮ってもいいし、もっと望遠の、あるいはもっと至近距離のズームレンズでもいいはずなのに、なぜそれをしないのだろう、と。色々発見はあって、じゃあ自分はどう書いたらいいだろう、と考えるが、きっと北尾さんは「堀さんはあんまり考えないほうがいい、そのままでいい」と言うだろう。そのままってなんなのだろう。など考えつつ、子どもに夕飯をやりながら聞いた。

風呂で原稿、と思うも子どものサスペンダーをメルカリで見てしまう。言い方が難しいが、自分や自分のまわりのことには無頓着で、でもものすごくいいものを書くひと、にあこがれる。わたしはつねに色んなことを、それもごく些細なことを気にするから思考が散漫で、書くことだけにもっと注力できればいいものが書けるんじゃないか。と思うもこれがわたし、という気もする。あらゆる細かいことが気になって、気にして、目を配って、けれど配り切れずちぐはぐで中途半端で、それをそのまま書こうとする。

寝る前に夫がまたGoogleの星ひとつのレビューの読み聞かせをしてくれて、爆笑する。この前別府に行った際にたまたまそばを通りかかった杉乃井ホテルのひどい口コミを夫が朗読したのがきっかけで、ここ最近いろんなひどいレビューを読んではお腹がよじれるほど笑っている。ホテルの朝食の質の低さに怒るレビューがとりわけ面白く、「こんなにまずいものが食べられるなんて、と周りを見渡してみるとみな真顔で黙々と食べており、まるで思考停止の家畜のように思えました」という本人的にはいたって真面目な文章に涙を流して笑った。個人の切実な怒りは客観的にはどうしても滑稽で、いやそもそも笑っていいのかわからず悪趣味なのは承知だが、こんなに連日お腹を抱えて笑うのは久しぶりなので許してほしい。

12／4（月）

母の誕生日。今年はナッツやドライフルーツの詰め合わせを贈った。すでに届いた旨の連絡は来ていたが、改めておめでとうとLINE。

明日締切が1本あるが、まだ進捗はいまいちなので進めなければいけない。が家事をしたり、またメルカリでサスペンダーをちまちま見たり、進まない。布団の敷パッドを干すためにベランダに出たら、保育園のまさに子どものクラスがお散歩でうちの前の道を通るところだった。「いまちょうどあーちゃんのお家だねーって話してたんですよー」と先生。子どもはすぐにわたしに気づいてアパートまで駆け出すが、先生に抱っこされて大泣き。

そりゃそうだ、なぜ自分の家に母がいるのに帰れないのか。泣くよね、お家がいいよね、とめちゃくちゃつらい気持ちにさせていることに胸が痛む。ごめん。わたしは家にいて、捗《はかど》らずにぐずぐずしていて。でも一応これは仕事で。本になるのだ。本になったら、お金をもらうのだ。好きなことで、仕事をしているのだ。その自負は、そう言い聞かせることでしか張れないような虚勢のようなものとどう違うのだろう。ずっと一緒にいられなくて、好きなことさせてもらってごめんね。どうしても、ああやって泣く子を見るといまでも申し訳なく思ってしまう。学校に出勤する日はそこまで思わないのだけど、在宅で書き物をする日はどうしても思う。書けなくてスマホをいじっていたり、新聞を読んだり、合間に家事したり、働いているという感じがしないからだろう。学校でも会社でも、行けば自分を必要とするひとがいて、だからわたしは保育園に子どもを預けるのだ、と堂々とふるまうことができる。それが家でひとりで完結する仕事だと、なかなかそうは思えないのかもしれない。でも、書くことは、その時間と同じかそれ以上に書かずにいる時間が長くある。ずっとあたまで巡らせている。書くことは生活と地続きで、ずっとそれについて考えている。よく見ることで、聞くことで、考えることでそれがわたしの言葉になる。だからごめん、子よ、ママは働いています。好きなことをやって、お金をもらっています。

でも、いままさにそうした動きのあるように、働いておらずとも保育園に預けられるようなところも出てきている。子育てが孤独なものにならないように、みんなで育てていけたらいい、と思うのは無責任なことではない。家に籠って子どもにきつく当たってしまうよりも、お願いして預かってもらえるならそれがいい。預けることを後ろめたく思わないようになりたい。

そんなことをぐだぐだと考えながら原稿を進める。サスペンダーも悩んだ末に、購入する。連載「おだやかな激情」公開しました、と担当安藤さんからのメール。「見事な原稿でした。すばらしいです」とあって、原稿をお送りしたときには特に感想はなかったので、あ、今回はだめだったんだなと思い込んでいたのだったが、なんだなんだー、えー褒められてるじゃん、と拍子抜けする。いくらか自信を取り戻す。

お迎えに行くと、子どもはいつもと変わらず、さすがに夕方までは引きずっていないようだった。ドーナツ屋さんいこっか、と誘うとよろこんで、「チョコドーナツにする」と意気込む。途中、ちょうどちいさなビルを解体中の工事現場に出遭い、3台の大型ショベルがはたらいており、子は釘づけに。しばらく眺めてからミスドを目指した。

12／11（月）

褒められることがあまりないのでうれしいはずなのにそれは果たして本心なのか、なんてしょうもない疑いをかけてしまう。あっちだって遊びでやってるんじゃない、ということだってもちろんわかっている。それは、向こうの本心からの「褒め」なのだ。その「褒め」は、わたしに向けられた。だからそのままを受け取らなければ、そう思うのに疑ってしまう。ほんとうにはいつだって自信を持ちたい。というのと、持ったらわたしは自信をすぐに傲慢さと履き違えて自爆するのではないか、という気持ちのその両方を抱えてずっとうろうろしている。大丈夫、信じてやっていけばいい。ほんとうに。

夜、夫と険悪に。わたしは夫に干渉しすぎる。同じようなことをこれから子どもに対してしてしまわないか、不安になる。このままじゃ、子どもにも必ず干渉するだろう。夫は夫、子どもは子ども。そしてわたしはわたし。それぞれのやりたいことを尊重したい。したいはずなのに、上手くできない。

子もあなたもわたしもみんな老犬になってばらばらに衰弱したい

12／12（火）

午後になるとどうしても原稿の進みが遅くなる。書かずにパソコンの前でぼんやりしてしまう。ぼんやりしながら、やっぱり正月に帰省したらよかったのだろうか、という気持ちが湧き、飛行機の値段を調べると軒並み3万円以上でどひゃーと思う。無理だ。こうしてふと思い立って帰れる距離ではないことを寂しく思う。帰るたびに疲れて、もう当分帰らなくていいやと思うはずなのに、なぜなのだろう。わたしが親に会いたいというより、いまかわいい時期の子どもを会わせたいと思うからだろうか。いや、わたしは、わたしが子どもをちゃんと育てて、わたしはわたしで元気にやっている、ということをまだ親に見せたいのだ。

11月に帰ったとき、父に「正月も帰るんか」と訊かれて、そう訊くってことはそれを望んでくれていたのだろうか、といまふと思い出したのだった。でも多分向こうも泊まりでわたしたちを迎え入れるのは気を遣うだろうし、だから日帰りで帰れる距離だったらいいのになあと思う。新幹線は4時間かかるので帰省に利用したことはない。もうこの際それでもいい、席はもうないのだろうか。父のことをわたしは考えている。父はいまの父の暮らしがつまらなくないのか。わたしと酒を飲みたいのではないか。わたしは父を憐んでいるのかもしれない。そしてそれはとても失礼なのかもしれない。父も母も妹も、わたしがいなくたってちゃんとそれぞれの暮らしをやっている。

原稿は進まず飛行機は暴利、というかどうにも眠くて仕方ない。人生ってなんなのだろう、と毎日10回は思っている。ただ凪《な》いだ気持ちで不思議がることもあれば、こんな気分や感情に揉まれて疲弊して、いったいなんなの、と苛立つこともままある。今年の漢字が「税」って。「万博、運営費1千億円超か　会場費に続き上振れ見込み」。惰性でスクロールするネットニュースの記事に脱力する。政治はとうに終わっているが終わりも終わりで怒りすら忘れそうになる。

全然元気が出ないので、お迎え前に松浦亜弥の「ドッキドキ！LOVEメール」を聞いて気持ちを鼓舞した。腕を組んで目を閉じてしみじみと聞く。次におすすめとして流れてきたプッチモニの「ちょこっとLOVE」も懐かしくて静かに涙を流した（腕を組みながら）。ゴリゴリの恋愛ソングだと思い込んでいたが、「愛という字を思い出すとき　家族の顔が先に浮かんできたぞ」とあるように、恋人も友人も家族も同列に、親しいひとへの慕わしさを込めた歌なんだ、と気づく。しかし「ちょっとLOVE」で涙するひとはこの世に何人いるだろう。こういう滑稽さに自分で救われているようなところは、案外あるかもしれない。

12/18（月）

書いていないことがたくさんあるな、と思う。書かなければ車窓のように通り過ぎてしまって、名残惜しさを感じる暇などない。忘れないために書こうとすると、書くことが目的になって、その目的はその瞬間、手段めくというか、たぶん書き残せばいいってもんでもないと最近は思う。過ぎる風景もそれはそれで、忘れたっていっこうにかまわない。

何かのイベントだとかひとと会う予定だとか、むしろそういう日のことは書かずに過ぎてしまうことが多い。たいていジェットコースターのように、会うひと、見るもの、行くところ、目まぐるしくて味わうことがかなわない。それでいて、過ぎてしまえば誰と何を話したかなど、すべて忘れてしまうのだ。

週末、土曜日はうちにハムスターがやって来た。保育園のお友だち経由で、正しくはママ友のお兄さんから譲ってもらったのだった。あこがれのゴールデンハムスター、しかもキンクマ。オレンジ色の毛並みの、耳はひらひらと大きく、赤ちゃんと思っていたが、もう十分しっかりしている。保育園で飼っている羊の名前にちなんで、「よもぎ」と名づける。ケージの隅におがくずを山のようにして、丸くなって眠っている。

あるいは日曜は結婚式だった。夫の同僚夫

妻のはれの日。早朝から起き出していそいそと準備して、小雪の舞うなか、新幹線に乗って博多へ。太宰府迎賓館はとても素敵な会場で、久しぶりの披露宴、しかもスピーチも何も頼まれごとはなく、子どもは途中で寝入り（簡易ベビーベッドを貸してもらえた）ゆっくりと料理も披露宴も楽しむことができた。

どんな式や披露宴に出ても、やっぱり必ず泣いてしまうのはなぜか。出会い、そして結婚、ふたりの結びつきそれ自体ではなく、それぞれのこれまでの歩みというのが辿られて、神妙な顔で高砂に座るそのひとにこんな人生があったのだ、と知れることがやっぱり尊いからだろうか。

たまにしか履かないパンプスで子どもを抱いたりなんだり一日過ごしたからか、いつにない疲労感で最寄り駅から数分のアパートまでの道のりが異様なしんどさだった。もう靴脱いで裸足になりたい、と夫にこぼすもあと少しなのだから、と止められた。夫のような分別ある大人はこういうとき、いかにも常識的でつまらない。裸足で歩かせろ。引き出物はセンスのよい写真立てだった。サンプルのうすい紙に「home」と書いてある。homeな写真を入れてどうぞ、という意味か。フン、と思い実家の猫の写真を入れた。という、週末をふりかえるいま。今日のことは結局何も書かずじまいだ。

引き出物の写真立てには英字の「home」入れてたまるか「home」な写真

12／23（土）

唸りながら、頭を掻きむしりながら書いた

原稿に大讃辞をいただき、朝から報われた気持ちになる。これまでに、こんなに褒められたことはないかもしれない。「大名作」と言われたことも「本書全体のテーマに向けて剛速球を投げていただいた気分です」と言われたこともうれしかった。いまこの原稿を書けてよかったたし、読んでもらえてほんとうによかった。なぜだか今日は、向けられた「褒め」を素直に受け入れられた。自分でも原稿に納得できていたからだろうか。

今夜は夫が宿直、25日は月曜で保育園も通常通り、きっとバタバタするだろうということで、我が家のサンタは2日前倒しでやってきた。子どもは起きるなりツリーの下に置かれたおもちゃを見つけ、眠気も吹き飛んだようだった。

保育園の運営委員会へ。何度も書くようでしつこいのだが、わたしはこの園がとても好きだ。なのでこうして園にまつわる会に出て職員やほかの委員のみんなの話が聞けることがとてもうれしく、そして「堀さんは？」などと、メンバーとして自分が尊重されているということもまた何にも代えがたくうれしいのだった。いま、求められて言いたいことを言えている、それがわたしの言葉で、この場で伝わっている、シンプルで何よりもうれしいコミュニケーションじゃないか、と思う。

午後、保育園のお友達のうちでクリスマス会。子らは穏やかに遊んでいた、と思ったらやにわにおもちゃの取り合いで泣く、喚く、まあ3歳同士なのだからそれが当たり前、と思いつつけっこうカオスで頭痛がする。みな疲れ切って日も暮れて、最後にプレゼント交換をした。うちからはこむぎ粘土。回ってきたのは足元のおぼつかないひよこ、吸盤のついたカエルの手。最高のプレゼントじゃないか。

帰りはありがたいことに友人の車で家まで送ってもらう。子どもは車内ですこんと眠った。抱き抱えて布団に寝かし、夫はすでに宿直へ。つまりなんということ、これは、突然訪れたひとりの夜。ゆっくり風呂に浸かり、ほかほかのままキッチンに立ち、チョレギサラダを作る。立ったまま、ビールを飲み始める。チヂミも作る。ひとりの自由さ。幸せここに極まれり、というゆたかな気持ちに。

妹からLINEで今年の実家のクリスマスの写真が送られてくる。子どもは寝ていて、夫は宿直で不在。ひとりでクリスマスソングを聴きながら実家の鶏の丸焼きの写真を眺めていたら泣けてきた。ぽろぽろ涙が落ちる。

何に泣いているのかわからない。クリスマスに弱い。弱すぎる。今年もわたしのいない実家ではクリスマス、したんだな。父に鶏の丸焼きのレシピを聞いて、「大変やで」とやんわり止められたこと、遠く離れた山口で、わたしはわたしのいま身近なひとたちとクリスマス会をやったこと。ここには、いま自分ひとりなこと。寂しくて、でもそれが嫌ではなくて、もう実家は遠くて、とにかくクリスマスはいけない。それぞれの家に、それぞれのクリスマスがあるのかなぁ。過ぎてしまった思い出があるのかな。もうそう思うだけで泣ける。けれどわたしは正気である。クリスマスは泣けるんだ。情緒不安定なんかではない。サンタはいるよ。わたしがサンタなのだから。たくさん、子どもたちにこれからたくさん、楽しいことがあるといいなとこころから思う。

日記3

思えばいつも夜のこと

いつも誰かと暮らしてきたな　うす暗いシンクにゴーヤの綿を掻き出す

という短歌を以前作ったことがある。東京から山口に引っ越して間もない頃、夫の帰りを待ちながらゴーヤチャンプルの準備をしていたときのこと。まだ新しい土地に知り合いもなく、仕事も見つけておらず、ただ家にいてぼんやりしていた。いま思えば、そういう閉塞感が「うす暗いシンク」という描写にあらわれている。料理するゆびさきで、ふいに思い出したり、かんがえごとをすることが多かった。ゴーヤを縦半分に切り、ボートのようなかたちの断面に埋まる綿《わた》や種を掻《か》き出しながら、そうしてふと思ったのだった。わたしはいつも誰かと暮らしてきたな、と。

何かの話の流れで、一人暮らしをしたことがない、と言うと驚かれることがある。したくなかった、というよりするタイミングがなかった。神奈川の実家からは都内の大学へ電車で通うことができた。職場へも実家から通い、まるまる27年、家族と暮らした。結婚してからは、すぐに夫と暮らし始めた。そういうわけでいままで一度も一人暮らしをしたことがない。

へえ、とたいてい話し相手は珍しいものを見るように相槌《あいづち》を打つ。何も言われていないのに、箱入り娘、とか苦労知らず、みたいなことを思われているのではないか、と勘繰ってしまう。たしかにつねに頼れるひとがそばにいた。おおきな虫が出たらどうするのだろう、とか大掛かりな家具の組み立ても自分でやるんだよな、とか生活にかかわる「ひとり」の想像をすることもあるが、目の前にいつも頼る相手がいれば深刻にかんがえることはない。

それでも、ずっとこのままなのかな、と思うことはよくある。

風呂場で夫の髪を散髪するときに、「じゃあお願いします」と言ってこちらに差し出されたうなじを眺めながら、おいおい無防備だなと思う。自分が刃物を手にしているからだろうか。刺してやろうなどと思うわけではもちろんないが、夫は日々、この無防備な首をさらして生きている。そう思いながら、夫の髪を切る。その思いは、いつかはひとりになるのかもしれないな、というところへつながったりする。平穏であればこのまま、子どもはそのうちに家を出て、夫とふたりで暮らす。夫の無防備なうなじに、あるいはあまりに静かな寝姿に、死ぬかもしれないな、いずれは死ぬんだよな、と思う。夫が死ねば、当然ひとりになる。でも、ほんとうにはそのときのことをわたしはまだ、うまく想像できていない。


ひとり、と書きながらいつでも思い出すのは、真っ暗なバイパス道路のことだ。

働きながらまだ実家にいた頃、暇な連休中に思い立って、原付《げんつき》で出かけることにした。どうせなら行き先を決めずとにかく遠くまで、行けるところまで行ってみたい。そうと決めれば一泊分の荷物をリュックに詰めて、家族には無謀だとか絶対事故を起こす、とか口々に言われながら、家を出た。

学生の頃に友人から譲りうけたおんぼろの原付で、国道をどんどん進んだ。ふだんは最寄駅までしか乗ることはなく、こんなにぐいぐい走らせて大丈夫だろうか、と不安になる。古着屋で見つけて気に入っていた厚手のネルシャツを着て、上着はなく、するとすぐに寒くなった。おそらく10月か11月だったと思うが、バイクで全身に風を受ければ耐えられないほど寒くなるなんて想像できなかった。国道沿いのユニクロで肌着を買い足して重ね着した（上着はけちって買わなかった）。お腹が空けば途中の手頃な店で食事をし、さむいさむい、と言いながらまだまだ進んだ。自宅の横浜から、行ったことのなかった愛知まで走って、手羽先でも食べてビールを飲んで、翌日にはふらっと観光できたら、なんて軽くかんがえていたが、すぐに日は落ちて、こんなに走ってもまだようやく静岡県に入ったところだった。

それで、気づけば原付は進入禁止のバイパスを走っていた。

まずバイパスが何かをわかっていなかった。やけにトラック、それも大型のばかりでこわいなと思っていたが、ちいさなＰＡであらためて調べると、このバイパスは小型バイクは通れないらしい。でも引き返すわけにもいかない。とにかく進んで、早くここを抜け出さなくては。自分が走る横すれすれのところをおおきなトラックがすごい速さで走り抜けて、その風圧でバイクごと身体がふわっと浮く。長いトンネルはより狭く、抜ければ海が、真っ暗な海が広がって、もうこわくて寒くて、ものすごくひとりだな、と半分やけになりながら、なぜかとても愉快だった。

愉快だった、と思えるのはもうあれから10年近く経つからかもしれない。あのときはほぼ泣きながら走っていた。ただ心細くて不安で堪らなかったはずなのに、何度でも当時のことを取り出しては、いまのわたしは愉快だな、と思うのだった。ひとり、というのがすなわち愉快であるというより、後にも引けず、誰も助けてくれない、さむい、こわい、なのにわたしはまだ走りつづけている。走りつづけるしかないからそうするのだけど、わたしはきっと大丈夫だな、そのうちどこかの宿に自力でたどり着いて、居酒屋でビールを飲んでいい気分になってへらへらしながら恋人に電話をかけたりするんだろうな、と思っていたからかもしれない。自分の本来のさびしさの裏には、こんなやけっぱちのような頼もしさがあるのだな、と知れたことがうれしかった。

突発的なひとり旅をしたのはそれが最後だけれど、大学生の頃はそういう思い立ったが吉日、というひとり旅をしばしば敢行したものだった。

恋人から「距離を置きたい」と言われて以来、何日も携帯を握りしめたままベッドに突っ伏していたが、それではどうにも落ち着かず、いても立ってもいられなくなって、その場で予約を取った夜行バスで鳥取へ向かった。砂丘が見たかったのだ。広大な砂丘を見れば気持ちも落ち着くかもしれない、と初めて訪れた砂丘のてっぺんで、持参した『ハチミツとクローバー〈8〉』を読んで（鳥取砂丘のシーンがある）夕日が落ちるのを眺めた。一歩一歩たしかめるように砂地を踏みしめながら丘を下り、地元の銭湯で地獄のように熱い湯にのぼせるほど浸かってから、客のほとんどいないマクドナルドで時間をつぶし、また夜行バスに乗って東京に帰った。

ひとりで見知らぬ土地を訪れたからといって、心境に何か変化があるわけではない。そのとき思ったことも、かんがえたことも覚えていない。そもそも何かをかんがえたかったわけでもない。ただ知り合いのいない場所へ行くためにひとりでバスに乗って、存分に砂丘を眺めた。そのとき足元にあったうつくしい風紋だとか、唐突にあらわれる本物のラクダだとか、暗い色合いの日本海だとか、そういうものはいまもわたしのなかに残っている。感傷旅行、と言われればそれまでなのだけれど、突発的なあの一日があったことが、そこで見たことをいまも断片的に覚えていることが、何より大切なのだった。東京に帰ってからも恋人と決定的な話し合いはないいまま、やっぱりいま別れるのは違うかもね、となんとなく付き合いつづけることになった。

その後、結局恋人とは長く一緒にいて結婚することになったけれど、新婚の頃に何度か家出したこともある。ともに暮らすとなればいろいろと折り合いのつかないこともままあって、すぐ言い合いになったり、というかいま思えばわたしの未熟さで夫をただ困らせただけだった。困らせたのはほんとうにくだらないことで、でもわかってほしくて、いや簡単にわかってほしくなくて、いたたまれなくなって家を飛び出した。

話し合いの末、飛び出すのは決まって真夜中で、寝巻に一枚羽織って出てきた夜の住宅街は森閑としていた。なんだよなんだよ、とうつむきながらとにかく歩いた。一本おおきな通りに出れば車通りも多く、暗闇のなかで車のライトは滲《にじ》んだようにおおきく光り、信号はいよいよ青く、そして赤く映るのだった。そんな詩的なこと、ほんとうに思っただろうか。ただふてくされて、みじめで、ぐずぐずすればそれだけ自分に嫌気がさして、結婚なんていいもんじゃない、と片づけたくなるのだった。まだしたばかりなのに。こんなんじゃしたとも言えないのに。もうひとりでいい。そう思うとき、実家に帰りたい、と思って泣けた。お母さん、とかお父さん、とかつぶやきたくなって心細くなって、そんな気持ちになるのははじめてのような気がした。子どもみたいな心細さでずんずん夜道を歩いた。

わかってほしい、と思うと同時にわかりたい、と思う。それを上回って、わかってたまるか、わかられてたまるか、とも思っている。ややこしい。でも全部だ、と当時は思っていた。ほんとうに、全部なのだと思う。アパートから逃げ出した夜道はあの日のバイパスの真っ暗闇につながっていて、あるいはそこは日の落ちた鳥取砂丘で、なんてかんがえるのは都合がいいだろうか。離れた場所で思うことはたいしたことではなく、けれどそのとき思うひとがいて、思うわたしはいつもひとりで、そのことに安堵して、帰る場所が用意されているから安心して出て行けるなんて、ずるいのかもしれない。ほんとうにひとりだなんて言えるのだろうか。言っていいのだろうか。いつもひとりのつもりで、けれどほんとうには守られて、そのことにわたしは安心しきっているだけなのかもしれない。

ひとりになることで、はじめて気づける他人の存在があって、ひとりでいるときほど結局誰かのことを思ってしまう。誰かのことを思うことで、ひとりでいられる。(『さびしさについて』植本一子、滝口悠生)

往復書簡として書かれた滝口さんの植本さんへ宛てられた言葉に頷きながら、そうならばわたしは、誰かのことを思うためにひとりになろうとしたのだろうか。家出もひとり旅も、そのひとのことをかんがえたくて、したことなのだろうか。そういう気もするし、でも出先でわたしはたいしたことをかんがえない。こうしてほしかった、結婚なんて、一緒に暮らすだなんて、全然わたしの思ったふうじゃなかった、いつもいつもわかってほしかった、わかりたかった。そういう大摑みな意識ばかりが頭をめぐって、だからかんがえは進まないまま暗がりをゆく。

ひとり、と思えばいつも夜のことばかりだった。

バイクに乗ってバイパスから見たいまにも飲み込まれそうな海の黒さ。日の落ちた砂丘。光の滲む夜中の道路。もうたくさん、と思いながらぐんぐん進んだ。いま抱えるものが何も大丈夫じゃなくても、すべては単なるわがままでも、そういうときのひとりの自分は嫌いではなかった。ぼんやりと、思う宛先がある。きっとほんとうの孤独はこんなもんじゃない、とどこかで知っている。すぐにふてくされて家を飛び出して、勝手な話である。けれど何もわからないまま、知らないまま、どこへでも行けると思ってほんとうに身体ひとつで飛び出していたあの頃の自分がずっと、一番頼もしい。

母ではないわたしたち

3月はじめの週末、保育園のクラスのお友だち宅で集まって遊んでいたときのこと。ひとりが「うわ、そういや明日ひな祭りかぁ、やばい今年お雛様《ひなさま》出してないっ」とちいさく叫ぶ。「うちなんてほら、女の子ふたりだけど見ての通りお雛様買ってないですよ」と家主のママが返す。けれど、お手製の折り紙の雛飾りだとか、かわいらしい花の切り絵だとか、ちゃんとこの部屋にひな祭りムードは漂っていて、だから言われるまで雛人形がないことには気づかなかった。別にはじめからお雛様なんてマストじゃないのかもなあ、と思いながらそのちいさな折り紙のお雛様をしばらく眺めていた。

自分の子どもの頃のひな祭りを思い出す。毎年3月3日を前に、母方の祖母から段ボールいっぱいのひなあられが送られてきた。ひなあられってこんなに種類があるのか、と思うほど、甘いものからしょっぱいものまで、わたしはなかでもチョコボール入りのものが好きで、よく食べていた。

祖母から送られるひなあられをひとつの合図のように、「さー、今年もそろそろお雛様出さなきゃ」と母が立ち上がる。わたし、妹、母で押入れからいくつもの大掛かりな箱を引っ張り出してお雛様を設営した。そう、ほとんど設営なのだった。わたしの誕生を機に祖母が買ってくれたというお雛様は、七段ある本格的なものだった。子どもの頃は思い至らなかったが、祖父母とてそこまで裕福というわけではなかったはずだ。

狭いマンションの一室をいっぱいに占拠するお雛様。たぶん、こういう立派なお雛様はうちのような一般家庭には置かれないのではないか。子ども部屋の中央に鎮座するお雛様はそれはもう大層立派で、つねに身体を平行にして横を通るのがやっとだった。それでも五人囃子《ごにんばやし》のたて笛やら烏帽子《えぼし》やら、とにかくそこを通るたびに何かしらの小道具が落ちたし、お雛様の裏に隠れてしまった電子ピアノはものすごく無理のある体勢で弾かなければならなかった。

ひな祭り当日は母が豪華なちらし寿司を作ってくれた。誕生日やクリスマスと同じような行事のひとつとして子どもの頃は当たり前だったけれど、いま思えばかなり本気のひな祭りだったのだろう。あんな大掛かりな雛人形を出してすぐにまたしまって、だなんてそれだけで重労働で、ちいさい頃にはわたしも楽しんで手伝ったけれど、思春期になれば次第に構わなくなっていった。

といって母も「早くしまわないとお嫁に行き遅れるって言うけど、そんなのねぇ」と3月3日を過ぎた雛人形を見るともなく眺めていたので、できるだけ早く結婚しろ、などというプレッシャーを感じることはなかった。だからひな祭りの思い出が鬱陶しいわけでもない。ただ、行事として毎年やってくれていたんだな、と思い返す。というか、母とて祖母からのこの立派すぎる雛人形を半ば持て余していたのではないか、などとかんがえたりもする。妹もとっくに成人してしまった実家で、お雛様はいまも眠っているのだろうか。

祖母は、わたしの妊娠中にも赤ん坊のことを誰よりも案じていたらしい、というのは母から聞いていた。

出産を1ヵ月後に控えた頃、突然赤ちゃんの成長がぴたっと止まってしまった。理由はわからない。通っていた近くの産院で「とにかくこりゃうちでは産めませんね」と言われて大学病院に転院になった。半分泣きながら母に連絡すると、思いのほか母は落ち着いていた。ちょっと風邪をひいただけで「体調どう？」と連日連絡をよこすような心配性の母がこんな一大事に落ち着き払っているなんて、あり得ないことだった。むしろ自分の感情をあらわせないほど心配していることが痛いほど伝わってきた。

「なんかおばあちゃんがさ、庭の枇杷《びわ》の木、切ったらしいんだよね」と、後日母から連絡が来たときには一瞬なんのことかわからなかった。今回の一件を母から聞いた祖母がどうにも心配で居ても立ってもいられず、どうもそういうことらしかった。枇杷の木を切る？そんな言い伝えでもあるのだろうか。枇杷の木を切ったって、赤ちゃんがおおきくなるわけではない。なぜそんなことを、とかずっと大事に育ててたんじゃないの、とかいう言葉が通じないことはわかっていた。とにかく曾孫ができたことをこころからよろこんでいた祖母の必死の思いを知って、いたたまれなかった。

子どもはなんとか無事に生まれた。長らく逆子で帝王切開の予定だったが、いざ手術を控え入院した日のエコーで逆子が戻っていることがわかり、そのまますごすご帰宅した。そこから予定日までのわずか2週間でぐんと成長したのか、実際生まれてみれば想定より300gも大きく、結局わたしと一緒に退院することができたのだった。

ほどなく、祖母から誰よりも早い出産祝いが送られてきた。ご祝儀袋の細い短冊には「おめでとうございます　うれしくてたまりません」と添えられている。おばあちゃん、そこは名前を書くところだよ。そう思いながら、ぐっと喉がせまくなる。生まれるっていうことは、なぜこんなにひとをよろこばせるのだろう。そのことがしんそこ不思議で、祖母の、訥々《とつとつ》としたその字をしばらくじっと見つめた。

きっと曾孫ほどの距離であれば、願うことなど「生きていてほしい」ただそれだけなのかもしれない。そうであれば、孫であるわたしへの立派すぎるお雛様も、すべては「元気でいてほしい」という強くシンプルな願いに収斂されるように思う。枇杷の木を切らなくたって、そんなにおおきなお雛様じゃなくたって、ちゃんと伝わってるのにな。母と子の近すぎる距離感ではかなわない、その真っすぐさに打たれながら、あまりに些細なことで子どもに苛立つ自分がいっそう情けなく感じられる。

ほら座って食べなさい、もうテレビもYouTubeもおしまい、見すぎ！　歯磨くよ、おしりは出さないの、服を着なさい、そしてしまいには「もう、ちゃんとしなさい！」というあまりに漠然とした注意が自分の口から出ることに驚く。こういう生活のしつけから、この子の将来までを見据えるなんて、かんがえるだけで気が遠くなる。
近くにいると、どうしても願いは増えてゆく。そもそもこんな小言《こごと》は願いですらない。生きていてほしい、できればずっと元気でいてほしい。子どもに対する願いなどたったそれだけだったはずなのに、そしてそれすら、ほんとうにはいまだって担保《たんぽ》されるわけではないのに、いい子であってほしい、賢くなってほしい、この生きづらい世を生き抜くために、できるだけたくさん力を身につけてほしい。気づけばそう願っている。そしてそのように子どもに何かを求めるたびに、それらはいつしかわたし自身の欲望と見分けがつかなくなってゆく。

つまりそれが子育てするってことなんだよ、と言われてもすぐには頷けない。大事に育てるってなんだろう。その子らしさってなんだろう。そうだ、祖母は遠くにいるからこそ、願うしかないのだ。遠くからこんなにも強く、ただ生きていることを願われて、わたしからはこんなに卑近なことで叱られて、そんなことを知らずにこの子は生きている。何も矛盾しない。ほんとうにはわたしさえも、祖母に同じ願いを向けられていることをいつでも忘れそうになる。おばあちゃんに何かを求められたことなんて、思えば一度もなかった。

もうひとりの、父方の祖母から言われた言葉を思い出す。

まだ赤ん坊の子どもをはじめて会わせたときのこと。ミルクをやったり、あやしたりと必死のわたしを見て、「あんた、なんも変われへんな」と祖母は目を丸くした。祖母にとって、わたしは子どもを産んでも孫のままなのか。もっとお母さんらしくなってるもんかと思うたけど、全然変わらへん。おかしいなぁ。と祖母はつぶやいた。わたしは愉快だった。変わらないんだな。こんなに変わったのに、変わらないんだな。ママなんだけどな。おばあちゃん、わたし自分のこと「ママ」って言うようになっちゃったよ。そう思いながら、すこしだけ泣いた。

つい先日、保育園の同じクラスのママたちで飲み会を開いた。これまで子ども連れで集まっておしゃべりすることはあっても、お互いのことは断片的にしか知らなかった。それなら、と勝手に意気込んで企画した飲み会だった。なかなかの参加率で、担任の先生（もう実は他のクラスにお子さんを通わせている）まで二つ返事で来てくれた。

せっかくママだけなのだから、今夜はあえて子どもの話題は出さなくていいだろう。そう思って、自己紹介ではあなた自身のことが知れる趣味とか、特技とかを教えてほしいです、と言うつもりでいた。けれどもうみんな居酒屋に集まるや、すでに大にぎわい、おずおずと、「一応自己紹介をしませんか」と提案すると、えー今さらー？　という雰囲気のなか、一応幹事の提案に付き合ってもらった。

そうして誰かが話し出せば、どんどん会話は盛り上がる。「昔からイギリスに憧れてて、結局地元で結婚しても諦められなくて、英語なんてまったく話せない夫を引っぱって渡英したんです」「えー、私もひとりで海外放浪してた！」「おーすごい」「あたしはもうずっとK-POPが好きで」「うっそ、わたしの元彼韓国人！」「えー！！」

お互いがお互いのことに興味津津で、知りたくて、仲良くなりたくて、そういう気持ちがどんどん伝播して、お酒をじゃんじゃん飲むひとも、飲まないひとも同じだけ笑ってしゃべっていた。こんなに楽しい夜はいつぶりだろう。二次会へ移動して、気づけば深夜2時になっている。ええっもうこんな時間!?　そんな、気づけば深夜なんてこと、学生時代の飲み会ですらなかったかもしれない。眠くもなければ、話すことも全然尽きない。そんな魔法みたいな時間がこの世にはあったのだ。

あんまり愉快に酔っぱらったものだから、居酒屋を出たところで盛大に転んでしまった。向かいのクラブらしき店の前で立ち話をしていたホステスたちが大丈夫ー？　と駆けよってきた。遅れてお店から出てきたママ友たちがすぐに気づいて、流血《りゅうけつ》したわたしの両膝をハンカチで拭いてくれた。
みんなで真夜中に歩きながら、でもやっぱり飲み過ぎてそこで話したことは覚えていない。「おしっこがしたいー」「もういいよあの草むらでしちゃいなよ」「見張ってるから」そんなことを言い合ってまた笑った。

子どもの話さえしなければ、わたしたちはほんとうにただの友だちみたいだ。年齢もバラバラで、仕事も趣味も全然違って、ただわたしたちの共通点は母であることなのだった。母でなければ出会えなかったんだな、と思う。けれど母親になる前に、母でないそのひとがたしかにそこにいた。あなたは海外を旅していた、あなたは韓国にいる彼の元へ飛んで行った、あなたは淡々と地元で働いていた、そしてあなたは浪人の末なぜか哲学科に入ってしまった（わたしだ）。母でないあなたを知れて、知ってもらえて、そんなあなたがいたことがうれしくて、でも、こうでなければわたしたちはそもそも出会うことはきっとなくて、それがいっそう不思議だった。

わたしたちは母親である前に、母ではないひとりなのだ。母になったあの瞬間から、その事実はこんなにも、見えなくなる。けれど、ほんとうには一人ひとりが母ではないひとりである。そのことをこれからもずっと、ちゃんと大切に抱きとめなくては。

いまはとにかく、破裂しそうな膀胱《ぼうこう》をたずさえて、しゃべりすぎて掠《かす》れた声で、わたしたちはとにかく、夜道をずんずん一緒に歩くのだ。

レジャーシートの舟に乗って

桜の季節がやってきても、いつからかそこまでそわそわしなくなった。というのも、近くに桜スポットがないからである。

もちろん、いま住む場所にも桜はあって、たとえば近所の交番の前の桜は見事だし、よく行くスーパーまでの道にも一本おおきな桜の木がある。通りかかれば、立ち止まってしばらく見上げてしまうし、遠目であっても満開までもうすこしだ、などと自転車の速度を落としてわざわざ眺めたりする。

でも、近所の桜はどこも一本なのだった。おおきく枝を広げて咲く一本の桜はうつくしく、うつくしければそれだけわたしにはさびしく映り、お前もひとりでかわいそうだな、などと勝手に同情する。桜は、もっとたくさん連なって咲いてほしい。

そう思ってしまうのは、子どもの頃に住んでいた町の桜並木を思い出すからだった。小学生から大学に入るまで、長く暮らしたマンションのすぐ近くには、大学のキャンパスにつながる長い遊歩道があって、通学路でもあったその道を、ほんとうに長い間毎日往来した。

あの桜並木のおかげで、子どもの頃、季節はまるごとすぐそばにあった。夏には木漏れ日が涼しく、秋には大量の落ち葉が踏むたびに愉快な音を立てて、そういうものを飽きずに、当たり前のものとして享受した。いつも、そこには木の匂いがあった。雨の湿った匂い、緑の匂い、桜が終われば毛虫が大量発生するのさえ除けば、（毛虫芋虫のたぐいがいまに至るまでどうしても苦手で、だからその時期はそれなりに長い遊歩道をわたしは全力ダッシュした）新緑の頃はいっそう並木全体がかがやくようで、そういうものが生活のなかにあったことがいま思えば自分のことながら、うらやましい。気持ちよく乾いた滑らかな道に、まだらにひかりの差す午後、誰かが犬を散歩させ、子どもたちは走り回り、友だちとの待ち合わせもいつも桜並木のはじまりの階段だった。

桜が咲けば、もちろんみなが花見を楽しんだ。とりわけ、大学のキャンパスがそばにあったので、大学生が連日宴会をしていた。酒を飲んで騒ぐ楽しさを知らなかったわたしは、またやってる、とだけ思って横目で通り過ぎた。休日には家族連れでにぎわった。ピークを過ぎた葉桜の頃、友人とお弁当を持参して花見をしたことがあるが、ふたりきりのお花見はなぜかすこしだけ寂しかったことを覚えている。

とにかく、桜といえばわたしにはあの桜並木なのだった。近くにあれば、どうしても開花が気になる。つぼみが段々にふくらむさまを見守って、気づけば桃色に色づいて、咲き始めの頃に雨が降れば散ってしまわないかと案じる。毎日木を見上げながら、そうして桜を見守った。見守られながら、見守っていた。

徒歩圏内ではないけれど、いま住む町にも車を走らせればそれなりにすぐの場所におおきな公園があって、そこにはりっぱな桜の丘がある。だから毎年花見はそこへ行く。記憶のなかの桜並木に感化されて、花見となればやっぱりたくさんの桜に囲まれたい。

けれど、かんがえることはみな同じで、見頃の週末にはその丘はおおにぎわいの花見会場になる。いつもはひと気のない場所に、本格的なバーベキューをするひともいれば、いかにも大学の新歓、というような元気な学生たちもいて、毎年そのにぎわい、というか喧騒に驚くのだった。

今年の花見は、夫の同僚とそのお連れ合い、そして今年度から入職した新しい夫の同僚、わたしたち家族、そして遅れて夫の同僚の技術職員さんもやってきて（気づけば夫の同僚関係者ばかりだ）、例年にましてにぎやかな会になった。たとえ誰かと誰かが初対面であっても、外であれば呼びやすく、また帰りやすく、花見は自分のペースで出入りできるのがいい。

みな同世代ということもあって、話は思いのほか盛り上がった。夫の同僚S先生が、実はかつてはバンドのボーカルで、だから歌が上手いらしい、という話でひとしきり盛り上がって、じゃああれ歌ってください、あれも、などとリクエストしては頑なに断られる、そんな茶番も楽しかった。盛り上がった結果、今度は同じメンバーでカラオケに行く約束まで取りつけてしまった。

見渡せば、それぞれがすこしずつ距離をとってシートを広げ、花見を楽しんでいる。カラフルなレジャーシートはさながら舟のようで、いくつものシートをつなげて拡張したわたしたちのおおきな舟にひとが入ったり、そして出て行ったりする。あちこちで、同じような光景が見られる。

わかっていたことだけれど、子どもは初めからシートにおとなしく座るなどということはなく、お弁当もそこそこに、すぐに裸足で駆けてゆく。いまはシンカリオンという新幹線のロボットものにはまって、メルカリで入手したふたつのそれを組み替えたりなどして、とにかく走り回って遊んでいる。勝手に舟から出るなんて危ないのに。

レジャーシートはさながら舟である、と思い至ったのは、ここへ越してきて2度目の春に夫とふたりで花見をしたときのことだった。

桜が満開のあたたかい日曜日の昼、こんな陽気に花見とくれば、やっぱりどうしてもビールが飲みたくなって、わざわざバスに乗った。くだんの丘に着けば、すでにあちこちで宴がひらかれている。日差しがそれぞれに降り注いで、桜が散った地面はうっすらとピンクに色づいている。それぞれのレジャーシートが、花筏に浮かぶ舟のようで、なんだかそれは、端的に夢みたいだった。用意してきた簡単なお弁当をつまみながら、ビールを飲んですぐにご機嫌になり、夫がスマホから流すサニーデイ・サービスの「恋におちたら」が多幸感をどこまでも増幅させて、夢、というよりも天国じゃん、などと容易に思う。ふだんは死んだら永遠の無があるのみ、と信じて疑わないはずの自分がそんなことをやすやす思ってしまうほど、たぶん、場の雰囲気もあってめちゃくちゃ酔っていた。初めは騒がしかったはずの他の花見客の喧騒も、酔えばむしろさざめくようで、心地いい。「こうふくってこういうことだ」とわたしは叫ぶ。うるさいよ、と夫が言う。

そんなふたりの花見も、子どもが生まれてからは3人で、そしてこの地での生活に馴染むごとに、今年は友人夫婦と、あるいは翌年は保育園の友だちと、こうして気づけば毎年誰かを誘って、にぎやかな花見を楽しむようになった。

だから、さながら花見がそのときの人間関係の定点観測のようになっている、とも言える。春に引っ越してしまった友人家族のことを思い出す。あるいは、かつて花見をした友人、知人たちは、いまはどうしているだろう。疎遠、とまでは言わないにせよ、なんとなくお互いに連絡を取らなくなってしまった。同じ子育てサークルであるとか、職場であるとか、定期的に会う場のないまま関係を維持するのはけっこう難しい。何か気に障ることを言ってしまっただろうか。そもそも、向こうはどう思っているだろう。そんなふうに連絡するのをためらってしまう。すこし寂しくて、けれどそれはお互いさまで、開き直るわけではないが、やっぱりそういうものかもしれない、と思う。

わたしたち家族だって、子どもがおおきくなればそのうちに親とお花見など恥ずかしいと言いだすかもしれない。自分も、家族で花見をした記憶はあまりない。桜の時期になれば、例の桜並木をみんなでのんびり歩いてから外食することをうちでは「花見」と呼んでいた。

ならば夫とふたりでこれからも飽きずに花見をするだろうか。わたしたち夫婦はずっと変わらない、などと盲信するわけではない。でも花見はやっぱり、ふたりよりもみんなでわいわいやるほうがいまのわたしには楽しい。わたしたちが老夫婦になったときのことなんて、遠すぎて想像しようとも思わない。もちろん一緒にいたい。というよりも、ほんとうにはいつでも離れられるのだ、と思いながらどうしても離れたくなくて、ともに生きている。そう思いたい。

桜が出会いと別れの季節にこんなにうつくしく咲くものだから、勝手にわたしたちは桜のもとで歌をうたって、愛をたしかめて、散る桜もまたうつくしい、などと言い合ってしみじみとする。桜はひとしれず、ただ咲いているだけなのに。人間って勝手だな、などと大仰なことを思う。

けれど、桜が散ったからってなんなのだ、と同時に思う。そりゃなんであれ、花だから散るんである。そもそも、言ってしまえば桜にそこまで思い入れがあるわけではない。桜はいま満開で、こんなにもきれいで、でもほかの花だってうつくしい。ただ、桜はこうしてひとところに集まっているから、どうしても迫力がある。同じ時期であれば、木蓮だって同じくらいきれいなのに。新年度の時期とぴったり重なることもあって、日本にはあまりに桜の文化が根づきすぎている。桜がうつくしいからってべつに、桜の樹の下には死体なんて埋まっていない。急に桜アンチ、みたいな気分がやってきて、自分でも笑ってしまう。桜がなんだ、わたしはそれよりも、桜を見ることを口実に外で、みんなで、酒が飲みたいのだ。

すべては一回きりであること、永遠でないこと、そんなことは桜に託さなくたっていい。人生を、人間関係を、そういうものをすぐ散る桜に喩《たと》えたりなんかしない。わたしたちのレジャーシートの舟は、家族だとか運命共同体だとかを指すのではない。桜も人生も、喩えられるようなものではない、という意味においてただそれぞれが尊いのだ。尊いだけなのだ。

でも、こうして目の前で満開に咲けば、それをわたしはうつくしいと思う。今年も桜を眺められて、よかった。みんなで一緒に見ることができてよかった。もうきっと、来週にはすっかり葉桜になるだろう。葉桜は、葉の緑よりも、散ってしまった桜の額の赤みが目立って、ちぐはぐだ。けれど地面のあちこちに散り敷かれた桜の花びらは、もうしばらくはうす桃色のはずだ。踏まれて、風にあおられて、そうすればもっともっと、花びらは茶色くなる。セピア色の花びらの山を蹴りながら帰ったあの頃の桜並木の道を、そうして何度でも思い出す。

近くにいてもいなくても、思い出すことがあり、思い出すひとがいる。そういえば、花見といえば大学生の頃は毎年大学の前の土手で、わいわい酒を飲んだ。先輩がいて、新入生がいて、誰かが持ってきたばかでかい焼酎があり、代わりに食べ物はほとんどなかった。あのときも、そしていまも、外で飲むビールはどうしてもぬるくて、コンビニで調達したプラコップはぺこぺこでたよりなく、気づけば夕方で、みんな寒そうにしている。もうそろそろ帰りますか、と誰が言い出すだろう。楽しいからほんとうはまだ帰りたくないな。そういう日があったことを、いまは忘れない。忘れてしまってもいいことを、きっとすぐに忘れてしまうことを、いまは忘れずにいる。
三人がカメラ目線のものはなく桜がきれいな二枚を残す

1/1（月）

元旦というのはおしなべて快晴である。実家で過ごさない今年、山口の元旦もやはり見事に晴れなのだった。こちらで迎える正月は数年ぶりで、帰れば母が立派なお節《せち》を作ってくれるから楽してのんびり過ごすのみ。今年はどうしたものか。張り切って作ったとてお節を入れる重箱もないので、結局好きな品だけいくつか昨日のうちに仕込んでおいた。めずらしく出汁を取って、鰤《ぶり》の塩焼きを乗せた実家と同じお雑煮。正月にかこつけて今日ばかりは朝からビールを飲む。

午後、近所を散歩。歩いて10分ほどでちいさな港に着く。野良猫がおり、どうも近づいても逃げず、むしろごろんとお腹を見せてくる。子どもが大層よろこんで撫でていた。ひとしきり遊んで、じゃあバイバイ、と歩き出すとなんと猫もついてくる。とことことこ、とちょっと距離を取って、けれど確実についてきている。なんだ。かわいい。子どもが半べそで、この子を残して去ることなどできぬ、と言わんばかり、猫に駆け寄ってひとしきり別れを惜しんでいた。

そのまま歩いてスーパーへ買い出し。たくさん買い込んで、先にマクドナルドでポテトをつまんでいた夫と子どもの元へ向かう途中、スマホを見ると地震のニュース。それもかなりの揺れらしい。なぜよりにもよって元日に、と思うが自然災害の予期できなさを思い知る。津波の危険が叫ばれていたが、夜にはそれも落ち着いて、けれどお正月がお正月でなくなってしまったたくさんのひとたちのことをどうしても考える。

1／3（水）

昨日一昨日と朝から酒を飲んだので、すると当然車を出せず、近所を散歩するなどのんびりすごした。今日は車で出かけよう、と思い立って献血へ行くことに。献血センターは正月もやっている。思い立ったはいいものの、元来の頻脈《ひんみゃく》に加えて、緊張により脈拍数が100を超えてしまうことがよくある（献血は100を超えるとやらせてもらえない）。今回も2、3度時間をおいたものの、やはりだめで「せっかく来てもらってすみませんが」と断られる。役立たずの烙印《らくいん》を押されたようで、ものすごく悔しい。夫が悠々献血ルームに入ってゆくのをほとんど睨みつけながら、子どもと遊んで待った。

昼は目星をつけていた人気のラーメン店に行ってみるものの、既に並んでいる。近くのかつやへ。かつやも混んでいる。並びながら、その店から出てくるひとの顔を見るのが好きだ。いま食べ終えたばかりのそのひとの顔は満足そうかどうか、まじまじと観察する。冗談でなく、美味しかったかどうか、美味しいなら何がおすすめか、再訪は見込めるか、など訊ねたくなる。出てくる人々はなかなか満足気、と見た。

いざ初めてのかつやのかつ丼、美味い！ うまいぞかつや、しかも安い！ 褒めちぎりながら完食。その後、井筒屋を物色。昔ながらの小ぢんまりしたデパートのなんとも言い得ぬ、滲み出るような良さ。デパート一階の、ささやかなカウンターコーヒー店。あるいはゆっくり回転するお菓子の計り売り。あったあった、昔あったよこれ。懐かしさに涙しそうになるほどに、けれどこれがここに住むひとたちの現在なのだ、ということを同時に思う。

かつやのかつ丼の美味さに手を叩くように月日は、いや一日は

1/7（日）

三連休の中日だというのに気が滅入るのは、目前に迫るふたつの締切と、そして今週予約している大学病院、と理由はわかっている。朝一で病院へ行って、なんとかギリギリ授業には間に合いそうだけど、どれくらい待たされるかわからない。もしも授業に間に合わなかったら、といま案じても仕方のないことを案じ尽くすのが自分、という感じ。というかやっぱりいつでも病院は嫌。妊娠時から指摘されていた子宮筋腫の定期検査であって、痛みを伴うわけでもないのだが。安心するために診てもらうのだとはわかっていても、筋腫がおおきくなっていたら、何か他の病気が見つかったら、と気づけばよくないことばかり想像している。

冬の大学病院は、それこそ子どもが生まれてすぐの頃を思い出す。スクリーニング検査に引っかかり、生後1週間ちょっとの子を連れて再検査に行った。子もわたしもここをつい数日前に退院したばかりなのに。ちょうどその頃は産後のストレスか免疫の低下か、両耳にずっと水が入ったまま、みたいな感じでほとんど何も聞こえなかった。当然医師の声も聞き取れず、なんだか説明もあっけなく、診察室を出てから怒りや不安でどうしようもなくなり、もう一度ちゃんと検査内容を一から聞かせてもらうために再び受付の列に並ん

で話を通して、というのもとにかく聞き取れなくて、何より赤ちゃんが心配で、待合のベンチでおいおい泣いてしまった。夫もそばにいたのに、わたしだけが不安で困って怒っておろおろしていたのだな、と思う。夫は冷静だった。時間をかけて再度診察室に通され、「そんな重篤な病が隠れているようには見えない、だが再検査の結果が出なければなんとも言えない」ということをまたぼやぼやと告げられ、やっぱり不安なまま病院を後にした。耳は治らず、後日耳鼻科に行って外耳炎とわかる。子どもの頃から中耳炎だって一度もならなかったのに。

あの時の不安をありありと覚えている。いまはいまで、自分の検査が不安。けれど不安なことを並べても、だいたいが「まだ起こってすらいないこと」なのだ。わかってる。わかっていて、起こる前から案じている。わたしとしてはシミュレーションのようなもので、現実のネガティヴな可能性に備えるつもりなのだけど、おりおりそれは自分を苦しめる。起こってから心配すればいいのだ。何も起きないそばから不安のちいさな種でどでかいわたあめをこしらえては、途方に暮れる。大丈夫。起こらないことを、起こらないそばから心配しない。大丈夫。でもやっぱこわい。大丈夫、大丈夫。そういうことを、もうずーっとやっている。不安をいっぱいいっぱい含んだわたあめを手に持って、いつだって虚ろな目をわたしはしている。

夜、おでんを食べながらKさん夫妻とZoomでおしゃべり。トーキョーコーヒーについてちょうど最近保育園関係の知り合いから話を聞いていたのでタイムリーだった。トーキョーコーヒーとは「登校拒否」のアナグラムで、主に親中心で自由にお喋りや意見交換する場のこと。研修を受ければ誰でも開くことができて、Kさん夫妻も最近自宅で始めたという。すでにお子さんたちは独立して、当事者ではないのになぜそんなふうにいつも軽やかに他人のために動けるのか、と訊くと「そのほうが生きていて心地いいから」と妻のNさんが言っていて、なんて清々しいのだろうと思った。

1/8（月）

連休3日目。夫が今日も用事がてら子どもを外へ連れ出してくれた。唸りながら原稿を進める。夫から「ぜんぜん帰りたがらなくて困ってる」と電話があり、「緊急事態！　ママ寂しいから帰ってきてー」と演技じみた声で言うと、電話の向こうで「パパっ！　たいへんだ！　ママがさびしいって！」と子が騒いでいる。すぐに帰ってきてくれた。アパートの下から「ママー大丈夫⁉」と大声で呼びながら一生懸命階段を登って、胸に飛び込んで来てくれる。もう将来クソババアと言われようが、それを連呼されようが、あるいは完璧な無視を決め込まれようが、今日のことがあれば大丈夫な気がする。そんな簡単なものじゃないんだろうか。同じ子が、こんなにかわいい状態から、クソババア期に移るなんて信じられない。あるいは無視もつらい。でも、そんなにわかりやすい反抗期なんてないかもしれない。陳腐な思春期の想像に過ぎない。現に授業で会う中学生たちは、まったくそんなふうではない。過度に怖がらず、ただ彼らのことをイメージすればよいだけなのかもしれない。

夕方、『にがにが日記』（岸政彦）を読みながらふと開いたヤフーニュースに「無理心中、四歳二歳男児死亡、母重体」とあって暗い気持ちに。昨日Zoomで話したNさんも、確か2歳差で男の子3人育児だと聞いた。「なんでお母さんには自分の部屋がないの？」という子の素朴な問いに、なぜ夫には書斎があって自分にはないのか、とやり切れない気持ちでそこにあったハンガーを投げてしまった、と話していたことを思い出す。

1／10（水）

昨日につづいて今朝も登園しぶり、夫と完全にお手上げ状態になる。正月休み、三連休、と休みが続いてうまく平日の感覚に戻れないのかもしれない。時間も迫り、とにかく強硬手段で鮮魚状態の子を抱えて車に詰め込もうとするが、3歳ともなるとなかなかそれもかなわない。お隣から「大変ねえ」という憐憫のまなざし。ぎゃーぎゃー暴れたと思ったら急にしょんぼりし「保育園に行きたくないの……」としんそこ悲しそうに言うので夫と顔を見合わせ家に引き返してしまった。少しだけ遊んでから行こうか、と説得して3人で遊ぶ。お互い出勤時間を気にしながら気もそぞろ。自分の要望が通って納得したのか、ひとしきり遊んで行く気になり、ドアを開けると階下から「あーちゃーん」「あーちゃん！」と子を呼ぶ声がいくつも。もしかして。保育園のみんなだ！　迎えに来てくれたんだ！　降りるとクラスのみんながミニバスに乗ってうちまでお迎えに来てくれた。先生もにこにこ、みんなもにこにこ。すると子もさも当然というふうにバスに乗り込んで、あれよと出発した。
どうしてもいまは行きたくない、とこころから思うひとりがいて、けれど子どもは同時に保育園の集団のなかのひとりでもあって、どちらも大事な、とても大事な子どもの一面なのだ。何よりみんなで迎えに来てくれるなんて、そんなＶＩＰなサプライズ聞いたことないよ。みんなのにこにこ、ぴょんぴょん跳ねる子どもたちのカラフルな上着、いろいろが浮かんで、自転車を漕ぎながらずっと涙が滲んでいた。
職場で献血の呼びかけがあった。学校からすぐ近くの市役所で受け付けているらしい。これはいい機会、と退勤後リベンジすることに。懸念の脈拍測定、一回目はあえなく100を超えた。頻脈であること、かつ緊張です
ぐ脈拍が上がることを説明すると、30分くらい待ってから再測定しましょう、ということになり全集中で脈を落とそうとする、が意識するといけない。今日締切の連作を見直したり、意識をほかに向けるといいと気づく。が、自分のアプリで何度測っても結局ぎりぎり100は超えるので半ば諦めながら計り直してもらうと、やっぱりアウト。「最後に腕、変えてみよう」と右で測ると98！　やった！　そして2年ぶりに献血を果たすことができた。しかも初めての献血バス。昼食摂ってないんですね、空腹ならやめておきますか？　と心配されるが、ここまでたどり着くのがどんなに大変だったか。倒れたってやらせてくれ、くらいの意気である。後から来た人の方がスムーズに血を流し、颯爽と去ってゆく。ボール握ってくださいねー、と促されながら時間

はかかったが無事終わった。
夜、チャーハンと水餃子スープ。日付が変わるぎりぎりまで締切の連作を練って、なんとか送る。手応えはわからない。たぶんわたしの短歌は、淡々としている。薄味のスープみたいな。飲んでも飲まなくてもいいような。そこまで卑下する必要はないはずなのに。隣の部屋から、ハムスターの回し車のなめらかな音がずっと聞こえていた。

2/2（金）

いま授業では村上春樹を扱っている。教科書にあった「バースデイ・ガール」はすぐに読み終えて、文庫から引っ張ってきた「彼女の町と、彼女の緬羊」を読解しているところ。ほら、ふたつの物語は通じるところがあるよね、と前のめりに語りかけるも、「まずこの話の意味がわからない」「短いのに読みきれない」などと文句を垂れる。きみたちはさぁ、TikTokとか短い動画を見過ぎなんじゃない？　だから物語への耐性がなさすぎるんだよ、と唾を飛ばしながら説教してしまう。1年共に授業してきたからか、彼らはこういう説教も真に受けずにやにやと聞く。俺らだめだって、数学でも怒られたもんな、文系も理系もだめだ。などと笑うのだった。だめじゃないよ、そんなふうに可能性を潰したいわけじゃない！　とより語気を強める。きみたちはきみたちであるだけで尊いのだから。尊いことがいつしか前提となって、大人はつべこべ文句を言い募る。そんな愚かな大人たちなど蹴散らしてもらってかまわない。雑談で、中学生になっても家庭で節分をやるかどうか訊ねると、やるやらないは半々であった。やってはいるが自分は不参加、という生徒もいてその中学生っぽさに勝手に感じ入る。

帰り道、立ち寄ったダイソーで、気づけば収納グッズを２０００円分も購入している。インスタの収納アカウントをよく見るようになって、以来冷蔵庫や靴箱、納戸などの整理収納に精を出している。ここ数週間でかなり捨てた。捨てたはいいが、こうして収納グッズを買い足して、なんだか我にかえれば非常にまぬけだ。

お迎え時に会ったクラスのママ友が身ぶり手ぶりでどうも喉がやられて声が出ないらしい。明後日クラスのみんなで出かける予定があるが、この調子じゃ行けないかもとのことだった。

なんだか身体がだるく、計ると微熱。でも今夜は大分出張の夫が中津からあげを買って帰る日だ。からあげとビールを一日楽しみにしていた。微熱がなんだ。色々おつまみを作って酒を飲んだ。中津のからあげはほんとうにおいしい。

夜、連載が公開されるも、Twitterではとりわけ反応はなくいつも自分の文章が読まれているという実感がない。誰もわたしの書くものなどに興味はないのだ。こんなに人気がなくて物書きだなんて言ってやっていけるのだろうか。どうにも自分ばかりが無視されているような、疎まれているような気持ちになってしまっていけない。

わたしもたいがいネガティヴだが、子どもも負けず劣らずネガティヴである。すぐに「もし～だったらどうしよう」構文でさまざまな不安や心配を表明する。この心配性はわたし由来なのではないか、と案じる。心配したっていいことはない。わかっていてもぶつぶつ不安を垂れ流す。夫がわたしたちを見かねてやついいちろうの「明るいよ！」というネタを披露してきた。

みんながみんなだれかを疎んでいるような曇りの昼のこのちぎれ雲

2／3（土）

昨日の微熱は引いて体調も悪くない。朝から皮膚科へ。いつも混むが、今日はほぼ待たずに呼ばれた。子とわたし、順番に診てもらう。先生に久しぶりに会えてほっとする（病院嫌いの自分にとって「会えて安心できる医師」なんて他にはいない）。手を優しく触ってくれた。ずっと、アトピーの自分の肌がコンプレックスで、ふいに向けられるまなざしに、気のせいだとしても、昔からすごく敏感だ。患者の皮膚の状態を診る、というのは当たり前の診察行為だけれど、ただ優しく触られてそれだけで安心するのだった。

併設のショッピングモールで買い物するも、子どもの便意に振り回される。5回はトイレに行って、けれど出ず、というのを繰り返した。帰り道、ハードオフでデカいトーマスの貯金箱をねだられ根負けして買う。

明け方目覚めて眺めていたTwitterで「たかのふみこ」というアカウントからリツイートされていたが、気づいたらそれはいつの間にか消えていた。たかのふみこは、もちろん本物の高野文子ではない。そう知りながらどきどきした。ずっと一番高野文子が好きだ。どんな物語よりも、高野文子の作品が好き。

2/18（日）

5：30起き、もちろんまだ外は暗い。湯たんぽを用意して、身支度を整え、夫に心配されながら家を出る。今日はひとりでフリーマーケットに出店するのだ。昨夜のうちに荷物はすべて運び込んでいる。いざ車に乗り込むと、フロントガラスが凍って前が見えない。終わった、と静かに思う。ワイパーも作動しない。なんとか爪でがりがりやって、それを突破口に渾身の力で窓を拭く。気を取り直して出発、途中コンビニでお昼を調達。なんと、後ろのドアを開けたままコンビニまで走っていた、ということに気づく。がたがたといつもはしない変な音がするなあと思っていたが、後ろを走っていた車はさぞかし怖かっただろう。

会場の公園に着いて搬入、朝7時からもうかなりの人出だ。シートを広げ、物を出したそばからどんどん売れてゆくので気持ちいい。服も靴もバッグも雑貨もどんどん捌《さば》けてゆく。ここ最近の断捨離の集大成という感じ。後からバスで来た夫と子も合流して「もうこんなに売れたの？」と驚かれる。目玉のお掃除ロボもおじいさんの手に渡ってほぼ完売、ということで店じまい。わたあめの屋台の前で子どもがわたあめーーと絶叫。すでにポップコーンを買っていたので我慢させるも、泣きすぎて泣きじゃっくりになっている。あの、上手くしゃべれなくてもどかしい感覚は自分もよく覚えていて勝手に懐かしい。

昼は丸亀へ行こう、と向かうも潰れていた。丸亀って潰れるのか、と静かにショックを受けながら近くのジョイフルへ。チキン南蛮定食、安くておいしい。子はお子様ランチのおもちゃをもらってすっかりご機嫌に。
帰宅後、フリマで買ったみかんから虫が出てきて叫びそうになる。ベランダからみかんごとぶん投げたかったが、ビニール袋に入れて縛ってとりあえず玄関に出した。夜、歌集原稿提出。『ぼんやりしているうちに』（永田紅）を読む。

太き葱きざめばすべる切り口の中のゼリーが昔から不思議　（永田紅）

2/29（木）
朝、起きてきた子どもが開口、足と口が痛いと言う。口のなかはスマホのライトをかざして見ても口内炎などは見当たらない。足は昨日や一昨日と同じように膝を指して痛いと言う。痛いと言われれば、すぐに心配になる。何か病気が隠れているのでは。すぐにそんな不安が浮かんで、ぎゅっと子どもを抱きしめる。久しぶりにママリを開いて「子ども　足痛がる」と検索すると、「不安です、病院に行くべき？」と同じような心配をしている人が多くいた。成長痛では、という回答が多く、けれど成長痛なら夕方や夜なのではないか。朝痛いこともあるんだろうか。一度不安になると、気持ちはどんよりする。
月一連載エッセイの締切日、追い込まれながら原稿を仕上げる。昼は大根の葉、葱、にんじん、しらすで炒飯を作った。食後「情熱大陸」を見る。ウクライナ国立バレエの密着。いまもキーウの劇場では公演が日々あるのだと知る。監督がスーパーへ出向くシーン、パプリカを四つ手に取っていたのがなぜか印象に残った。静かなスーパーマーケットにとりどりのパプリカはいまも並んでいる。画面に映るそれは、つややかでとてもおおきかった。「PRESENT4229」で4年後の自分にメールを送る。「PRESENT4229」は4年に1度、2月29日にだけ利用出来るサービスです。2月29日にみなさんは次の2月29日にメッセージを送ることが出来ます。どんどん不確かになっていく未来への灯火が消える前に、消えないように、4年後の未来にメッセージを送ってください。4年後の幸せな未来でお待ちしています。」とある。インスタか何かで見て、面白そうだなと思ったのだった。思えば4年前はコロナもここまでは広まっていなかった。子どもも、まだこの世にはいなかった。いま起きている侵攻も戦争も始まっていなかった。ないものがいまはあり、あったものはもうない。そんな単純な話ではない、と思いながら、けれどぼんやりとしてしまう。

3/11（月）

左右社筒井さん、デザイン花山周子さんといよいよ歌集の打ち合わせ。14時からということで、きっと気づかないうちに震災の時刻は過ぎるのだろうと思いつつ、やっぱり話し込んでいたら過ぎてしまっていた。自分の歌が地味なのでは、とつぶやくと花山さんが地味ではないよ、と言ってくれる。「なんて言うか、ひとつのまっとうさなんじゃないかな」という言葉がうれしかった。おふたりともうちよりは年齢が上のお子さんがいらして、まだ3歳なんですねえとしみじみした目線を向けられる。「ずーっと一日中うんちしか言わないんです」と嘆くと、なんと筒井さんのお子さんは「うんちを通っていない」らしい。

うんちを通らない子どももいるのか、と雷に打たれた気持ち。

お迎えに行き、「今日はどこの公園行った？」と訊くと、案の定「うんち公園！」と元気よく答えてくれた。

夜、夫にマッサージをしてもらいながら、M−1アフタートーク的な番組を見た。尺の都合か漫才が微妙にカットされていて「これならちゃんと見たい」とM−1本編を見始める夫。2度目3度目でも令和ロマンやヤーレンズの漫才はたしかに面白い。さや香は面白さよりも気迫がすごい。ものすごい気迫で笑わせようとするのは、なんだかむしろこわい。わたしたちは彼らの本気に笑わされている。そこに興奮するひとをお笑い好きと呼ぶのだろうが、考えてみれば滑稽で、お笑いは、わたしはやっぱりどこまでいってものめり込めない気がする。きっとお笑い芸人のことをどこかで怖いと思っているのだろう。

布団に入ってスマホをいじっていると、アカデミー賞のアジア人差別の投稿を目にする。動画を見るとたしかにトロフィーを渡したアジア人俳優はスルーされているように見える。こういうことがこんなおおきな舞台で起こるのなら、街では茶飯事なのかもしれない。


ラジオも落語も好きになりたい　あなたとは爪のかたちを交換したい

3／27（水）
車で保育園へ。朝からあたたかい。その足でドラッグストア、スーパーをはしご。免許を取ってもう6年になるが、車をひとりで動かしていることに何度でも新鮮な気持ちで驚ける。わたしが運転、ひとりで運転。とても不思議でそしてうれしい。

帰宅して歌集ゲラ、終わりがわからない。下手にこれ以上いじらない方がいいのかもしれない。昼は三つ葉をたくさん入れたフォーをすするも柔らかすぎてすぐにぶちぶち切れる。

お迎え後、咳が出るからお薬飲もうね、という名目でジュースを買う。子は自販機にもう背が届いて、器用に硬貨を一枚ずつ投入できる。ジュースが落ちてきて、まずはお釣りをまた1枚ずつ取ってお財布へ入れて、ジュースを取り出して、そういう一連の動きをひとりでできるようになっている。そういえば昔、自販機にとんでもなく美味しいジュースがあった。あれはなんという名だったか。カルピスソーダっぽいベースに桃の味がして、パッケージはピンク、ほか青、黄色と3種類あった記憶。

夜はそぼろごはんに山盛りの千切りキャベツ、その上に乗せた目玉焼きの黄身が双子だった。急いで食べて、空港へ出張帰りの夫を迎えに行く。今日は3回車を出した。

帰宅して子どもを寝かしつけた後、頼んでいたドーナツを早速食べる。東京にはミスドではないドーナツ屋があるんだ。しかも安い。こういう店が地方にはないよね、と話す。お土産に持ってくのにちょうどいいのにねえ。この前買いそびれたビアードパパを頼むつもりが、ドーナツに目がくらんだ。安くておいしいドーナツも、ビアードパパもこの町にはない。サイゼリヤもない。サイゼ飲みがしたい。あとは串カツ田中も恋しい。欲を言えばタリーズと、ドトールもほしい。あとマネケンもお願いします。そして何より崎陽軒。すべて地元にはあったものを、ないとなればこんなにも恋しい。資本主義に毒されすぎている、と夫は言う。

いまでも地元の串カツ田中のＬＩＮＥのクーポンが来るたびに、いいなあと思う。何年か前、帰省した際に父と昼から飲みに行った。たらふく食べるぞ、と意気込んだはずが、その日のカツのことごとくすべてがおおきくて、夢みたいな滑稽さだった。その横で、父はプレモルを飲むばかりだった。

3／31（日）

月末締切の連載原稿をまだ仕上げられていない。日曜日なので子も騒がしくなかなか集中できず、これはこのまま夜まで時間が取れないぞ、と思いながらも夫と子どもがアンパンマンを流しながらプラレールで遊んでいる横でぐいぐい書き進めて、なんとほとんど仕上げることができた。

なので、昨日も来たコープフェスタに今日は家族でやってきた（昨日は保育園仲間と出かけた）。たくさんの試食、たくさんの安い品。コープやまぐち50周年の大感謝祭なのである。昨日もみんなで興奮しながらたくさん食料を買った、のだけど子どもたちが散り散りになるので全てを見尽くせず帰宅したのだった。今日は夫に子を託してたくさん買うぞ、と意気込んで来たのに、ドームの外の砂地でなぜか子どもが砂を掘っているのを眺めている。砂を掘り進めると水が出てくる。海が近いのだ。出かけた先で見るもの、すること、そういう出来事の一つひとつが不随意で、偶然で、予想しなかったことをしているその現実、みたいなことのおかしさがある。その何にも代えがたいいま、の手ざわり。その後夫と交代して、ゆっくり買い物することができて満足。

現実はこんなにもありありと現実なのに、テレビは大げさだよな、と思う。この前見た「きのう何食べた?2」が驚くほどテレビ、そしてドラマであった。なぜあんなにも大げさでないと伝わらないのだろう。伝わらないと思うのだろう。もっとそのままでも伝わるのにな、と思う。阿《おもね》るのではなく、視聴者を信頼して、そちらがほんとうに見せたいものを見せてほしい。じゃないとフィクションは現実には勝てない。

4/3(水)

昨夜、保育園から「大雨警報のおそれあり、登園自粛をお願いするかもしれません」と連絡があったが、起きてみればさほどの雨ではなく、いまのところ警報も出ていない。いつも通り家を出ようとするが、「まだ遊ぶ」とごねて、近ごろは思うようにならないとすぐに物を投げるので閉口する。どうしたら投げずにすむのだろう。けれど物に当たる、というのは自分にも覚えがあって、七味の瓶を思いっきり床に叩きつけた記憶がある。理由は覚えていない。

夫の職場が入学式で、教職員は今日にかぎり駐車場を使えない、とのことで車で送る。スーパーに寄って、明日の夫の誕生会の準備。スーパーAにある「海の幸サラダ」がわれわれの好物なのだが、開店すぐだからか小サイズしかない。奮発して大にしようと思っていたので気勢をそがれつつ小を手に取る。メインは夫のリクエストでかつおのパスタ(『ariko

の食卓』に載っている冷製パスタ）を作る予定、がスーパーAには手頃なかつおがない。ということでスーパーBへはしごする。ふだんは自転車移動なのでスーパーのはしごなどしないが、車なら一瞬。Bで無事手ごろなかつおを入手する。夫の好きな風月堂のゴーフルも買う。リボンをつけてくれるとのことで、「赤と青があります」と言われ、赤を選ぶ。赤いほうが、なんとなく祝い感がある。

今度書き下ろしで出る単行本の推敲、ずっと迷っていた作中に登場する先生たちの名前をどうするか、という問題。エッセイだし、やっぱりここは本名でいきたい。となると本人に許可を取る必要がある。ええい、と思いきってA先生にメール。フォルダを検索すると、２０１９年にやりとりをしていた。当時まだ現役とのことだったが、いまも教壇に立っているのだろうか。1冊目を出したときも結局連絡せずで、なので経緯を説明するのに手間取った。

勢いで、Y先生にも連絡をしようと思い立つ。小学校以来の友人でいまも地元に住むUごんにLINE、先生の勤務先を教えてもらった。でもわたしのことなど覚えていないかもしれない。いや大丈夫だよ、ほりごんの話したからさ、とUごん。意を決して電話。先生の声は20年前とまったく変わらず、タイムスリップしたような気持ちになる。おずおずと名乗ると、「シズカ！！」と、ちゃんと覚えてくれていた。もうそれだけで胸がいっぱいで、なぜ電話したのか、経緯を話しながらずっとぼろぼろ泣いていた。存在を肯定してくれるひとがいることが、こんなにもうれしいことなのだと、改めて思う。電話を切ってからもしばらく涙が止まらなかった。

　落ち着いてからUごんにLINE。ちゃんと覚えててくれたよ、よかったねえ！「ところで先生の下の名前なんだっけね？」「テルなんちゃらだよね」「テルノブ？」「照輝みたいな感じじゃない？　照りすぎ？」などとやり取り。最終的にUごんが思い出してすっきり。

　ものすごい雨のなか車で保育園お迎え、そのまま夫の職場へ。子どもは研究室でお菓子を食べながら我が物顔でうろうろしていた。帰って、子がずっと心待ちにしていたシンカリオンが2体届いて、その喜びようはすごかった。わたしとしては乗り物にはまったのならもう極めるところまで極めてほしかったので、こういう戦い系にシフトしていくのはつまらないと思っていたけれど、ここまで喜んでうれしそうならまあいいか。飽きずにずっと遊んでいた。この前のコープフェスタで買った冷凍の魚フライを揚げて、タルタルソースも作った。夫の誕生日前夜祭と称してビールを飲む。新年度のこの時期は気もそぞろで誕生日どころではない、と夫は言う。

　保育園の日報にTくんとRくんがけんかをして、そのけんかは45分つづいた、と書いてあった。すぐにやめさせないで見守ろうとしていてすごい。今日はなんだかイニシャルで人の名前をたくさん繰り出してしまった。

　破裂したイニシャルたちがキ　ラ　キ　ラ
と　舞　う　そ　ら　「　F　K　M　M
（穂村弘）

5／1（水）

今日から5月だね、と話すもしん、とする教室。高3生は基本的に雑談も黙って聞いてくれる。やりやすいんだかやりにくいんだかわからず、何を話してもやいやい言ってくれていた去年の中学生たちがちょっと恋しい。授業は宮沢賢治の「永訣の朝」。彼らは詩をわからないと言う。けれど詩のわからなさ、にぶつかってそれを受け止めることは受験云々を超えてきっと大切なことだから、と受験生にお構いなしに4月からずっと詩を読んでいる。

事務職員さんからの授業変更のメモに、チェルシーが添えてあった。ヨーグルト味だ。チェルシーはたしか既に販売終了しているはずで、だとすればこれはとても貴重なのではないか。ちょうど通りかかったので「いいんですか?」と言うとにっこりされた。

午前で授業を終え、小雨のなか、マックに寄ってチキンタツタとベーコンポテトパイを持ち帰り。どちらも期間限定だから食べられるときに食べておかねばならない。小雨、のつもりでいたらしっかり湿った。歌集校正ゲラの確認。合間に『私運転日記』(大崎清夏)を読み始める。

近所のおばあさんが久しぶりに来てくれた。いつも、ほんとうにたくさんのお菓子や果物、ヤクルトやジュースを持ってきてくれる。曾孫も近所にいてよく面倒を見ているらしいが、加えてうちの子まで気にかけてくれるなんて、といつも恐縮する。しかも大人用には、ヤクルト1000(6本入り)まで。

子どもが、ミニカーを走らせながら、「ケ、コ、ケ、コ」と言うので何の音?と訊くと「ウインカー」とのこと。なるほど!ほんとうだ、ウインカーは「チカチカ」じゃない、「ケコケコ」だ。音が鮮やかに立ち現れる。子どもは詩人、などと言うのを疑わしく思っているが、たしかに慣用を知らぬままに世界の音を自分であらわせばこんなにも豊かなことはたしかである。一時期好んで読んでいた『でんしゃでいこうでんしゃでかえろう』（間瀬なおかた）にあった「だだんどどん」「でででんごごー」などという電車の音にわたしなどはわりと感激したのだったが、それをしっかり取り込んだ子はさらにこうして日々オリジナルのオノマトペを開拓している。明日授業で子のオノマトペのこの豊かさについて話そう、と思う。きっと彼らは無言で聞いてくれる。

五月をシロと名付ければシロはいつまでもわたしの鼻をなめるんだ　（フラワーしげる）

おわりに

この原稿を書く時間を取ってもらうために、土曜の朝から夫が子どもを映画館に連れて出てくれた。出発してほどなく、「スピード違反で捕まった！」とＬＩＮＥ。「１２０００円！」「高速道路ケチって下道にしたら罰金なんて！！」とつづく。こういうとき、夫の不注意をなじる自分だって想像できるが、でも今日はなんだか笑ってしまった。

生活すると色んなことが起こるよなあと思う。しみじみ思う。昨夜はうちのアパートの前に救急車が停まっていた。誰か具合が悪いのか。ちいさなアパートなので各部屋の住人の顔が浮かぶ。どうしたんだろうね、と子どもと話しながら眠った。

昨夜のことも、今朝の罰金も、多分そのうち忘れるだろう。何かが起これば、何かを思う。卑近なことにも、遠いことにもさまざま思う。思ってばかりいる。思うわたしがここにいる。我思うゆえに我ありかよ、とつっこみたくなる。

自分はなんで書くのだろう、とよくかんがえる。これが3冊目となるエッセイ集を出してなお、何を今さらと思わなくもない。思ったって思うままに任せればよく、それを書きたいだなんて、どういうそれは欲望なのだろう、と。しかも、書いて終わることはない。書き切ることもない。だって人生はつづくのだから。

「読んで読んで、そう思わせてもらったことが、この形になったというだけなんです」と装丁の佐々木暁さんが話していたことを思い出す。佐々木さんの手掛ける装丁が本当に好きで、ずっと憧れで、あの本もあの本も素敵ですよね、と伝えたところ、そう返ってきたのだった。

佐々木さんのその言葉を信じるならば、「こんなにうつくしく仕上げてもらっていいのだろうか」が正直な感想になる。だってここに書いてあることは、ぐちゃぐちゃで不安定で子どもじみていて、自己中でケチな一人の生活の記録にすぎないのに。一冊を読み通しても、とにかく自分の欲張りさがあらわれている。自分の才能のなさを嘆いて、それでも短歌もエッセイも同じだけ上手くなりたくて、ひととかかわりたくて、色んなところに出かけて、離れて暮らす家族だって大事にしたくて——。わたしはいつも、全部やりたくて、結局全部中途半端な気がして、そう思うたびに落ち込む。欲張りなのだ。全部は無理だよ、と言いたくなる。でも全部やりたい。だいたい、やっぱりタイトルが傲慢だ。自分勝手だ。わかっていてつけているのだから、言い訳にしかならないのだけれど。

エッセイはたまに恥ずかしい。いや、もういよいよ恥ずかしい。日記もたいがいである。知り合いになんか読まれたくなどない。なのに書いてしまった。でも、佐々木さんの言葉を信じよう。こんなにうつくしい一冊がいま手元にある。大塚文香さんの装画は、かわいいのにどこか剣呑《けんのん》だ。細くて棘のある花と鋏が並ぶ。ひりひりした緊張感が自分の書くものとマッチしているようで、なんだかうれしい。

わからなくても、近くにいてよ。いや、わからなくても近くにいるよ。

雨上がりの土曜日の午後に　　堀静香

◎初出＝本書のエッセイはＷＥＢサイト「だいわlog」にて同名タイトルで２０２３年４月～２０２４年４月まで連載されたものに加筆修正したものです。日記（２０２３年４月～２０２４年５月）は書きおろしです。

◎堀静香（ほり・しずか）＝1989年神奈川県生まれ。山口県在住。上智大学文学部哲学科卒業。歌人、エッセイスト。「かばん」所属。現在は私立の中高一貫校で非常勤講師として国語を教えている。著書にエッセイ集『せいいっぱいの悪口』『がっこうはじごく』（共に百万年書房）、歌集に『みじかい曲』（左右社）がある。第50回現代歌人集会賞受賞。

わからなくても近《ちか》くにいてよ

◎著者＝堀《ほり》静香《しずか》　◎発行者＝佐藤靖　◎発行所＝大和《だいわ》書房　東京都文京区関口1ノ33ノ4　☎03・3203・4511　◎校正＝大川真由美　◎本文印刷＝シナノ印刷　◎カバー印刷＝歩プロセス
◎製本＝ナショナル製本
　◎ISBN978-4-479-39440-2　　◎http://www.daiwashobo.co.jp

2024年12月1日　第1刷発行